Elke Ottensmann

Von Gartenzwerg und Wackeldackel

Geschichten mit Herz und Humor

Elke Ottensmann

# Von Gartenzwerg und Wackeldackel

## Geschichten mit Herz und Humor

SCM

Hänssler

# SCM

Stiftung Christliche Medien

Der SCM-Verlag ist eine Gesellschaft der Stiftung Christliche Medien, einer gemeinnützigen Stiftung, die sich für die Förderung und Verbreitung christlicher Bücher, Zeitschriften, Filme und Musik einsetzt.

© der deutschen Ausgabe 2015
SCM-Verlag GmbH & Co. KG ·
Max-Eyth-Straße 41 · 71088 Holzgerlingen
Internet: www.scmedien.de · E-Mail: info@scm-verlag.de

Die Bibelverse sind, wenn nicht anders angegeben,
folgender Ausgabe entnommen:
Lutherbibel, revidierter Text 1984, durchgesehene Ausgabe
in neuer Rechtschreibung 2006,
© 1999 Deutsche Bibelgesellschaft, Stuttgart

Umschlaggestaltung: Jens Vogelsang, Aachen
Titelbild: fotolia.com
Autorenfoto: Harald Brendel
Satz: typoscript GmbH, Walddorfhäslach
Druck und Bindung: CPI books GmbH, Leck
Gedruckt in Deutschland
ISBN 978-3-7751-5620-2
Bestell-Nr. 395.620

# Inhalt

# Begegnungen

Den allermeisten Menschen dieser Erde begegnen wir nie und viele treffen wir nur einmal im Leben. Einige gehen ein Stück des Wegs mit uns, wenige begleiten uns ein Leben lang. Manchen wären wir zwar lieber nie begegnet, andere jedoch leuchten in unserem Leben auf wie ein Licht und hinterlassen nachhaltige Spuren auf unserem Lebensweg. Manchmal ist es nur ein Lächeln, das unser Herz erhellt, oder ein freundliches Wort zur rechten Zeit. Oft treffen uns diese Begegnungen unerwartet und überraschend, doch sie fallen dann wie Sonnenstrahlen in unser Herz und wärmen unsere Seele. So kurz diese Augenblicke auch sein mögen, sie bleiben uns oft ein Leben lang in schöner Erinnerung und erfreuen uns noch Jahre später.

Auch vierbeinige Weggefährten bereichern unzählige Menschen mit ihrem treuen Blick, ihrem fröhlichen Schwanzwedeln oder ihrem wohligen Schnurren und tragen zu manchen heiteren Erlebnissen bei.

In diesem Buch begegnen Sie Menschen und Tieren, deren Geschichten uns zum Schmunzeln bringen oder auch besinnlich stimmen und uns bisweilen in nostalgischen Erinnerungen schwelgen lassen. Nicht zuletzt begegnen Sie dem Schöpfer allen Lebens, der uns von Anfang an begleitet und uns ab und zu sogar einen Engel über den Weg laufen lässt. Er ist auch dann noch bei uns, wenn uns nicht mehr viele Menschen begegnen.

# Begleit-Erscheinungen

Wer heutzutage Menschen beobachtet, bemerkt schnell, dass die alte und die junge Generation häufig etwas gemeinsam haben: Viele ältere und beinahe alle jungen Leute haben einen Knopf im Ohr. Doch damit hört die Gemeinsamkeit auch schon wieder auf, denn zwischen den beiden Ohrstöpseln liegen Welten.

Während das Hörgerät im Ohr den Senioren helfen soll, die für sie leiser werdende Welt besser zu verstehen, eröffnet der mit einem kleinen Gerät verbundene Ohrstöpsel den jungen Leuten den Zugang zu einer immer lauter werdenden Welt. Während der ständige Begleiter im Ohr für viele ältere Menschen eher lästig ist, wollen die jungen Leute auf ihren verkabelten Weggefährten nicht mehr verzichten.

Egal, wohin man schaut, sei es in der Stadt, im Bus oder im Zug, überall sieht man junge Leute mit einem Knopf im Ohr und einem kleinen Gerät in der Hand. Auch in Wartezimmern, bei Verwandtschaftsbesuchen und selbst im Gottesdienst wollen manche nicht darauf verzichten. Bis vor gar nicht allzu langer Zeit war man mit dem tragbaren Telefon, dem Handy, topaktuell. Wer aber heutzutage noch ein herkömmliches Handy benutzt, gilt schon als altmodisch. Das klassische Handy wurde längst von dem viel intelligenteren Smartphone übertrumpft: besser, schneller und vielfältiger, nicht nur ein Telefon, sondern ein Computer im Miniformat. Keiner muss mehr alleine sein, denn das Smartphone ist wie ein Tor zur Welt. Tritt man in diese Welt ein, kann man nicht nur telefonieren, sondern auch Nachrichten empfangen und versenden, Musik hören, Filme abspielen und sich dank Navigationsgerät den Weg weisen lassen. Wird es doch einmal langweilig, stehen zahlreiche Spiele zur Verfügung, oder man befragt den integrierten Terminkalender nach dem aktuellen Tagesplan. Natürlich kann man auch schnell einmal seine Freunde in Australien oder Amerika per Skype besuchen und sie somit nicht nur hören, sondern sogar sehen! Nie ist man allein, jederzeit stehen Freunde auf Knopfdruck bereit. Hauptsache, man ist gut vernetzt, und das am besten rund um die Uhr. Je mehr Kontakte man über sein kleines Gerät hat, desto weniger ist man allein – oder etwa nicht?

Doch wie war das vor noch gar nicht allzu langer Zeit, als wir nichts von alledem wussten, weil es weder die Geräte, geschweige denn Begriffe dafür gab? Wie konnten wir bloß leben ohne diese Weggefährten der modernen Technologie?

Was für uns früher ganz normal war, kann sich die junge Generation nicht einmal mehr vorstellen. Unsere Geschichten aus den Zeiten ohne Computer, Handy und Internet muten heute beinahe wie Märchen an.

Wer oder was begleitete die Menschen früher, so ganz ohne tragbare Geräte? Wie konnte man es aushalten, nicht auf Schritt und Tritt erreichbar zu sein, nicht mit Stöpsel im Ohr herumzulaufen und nicht den ganzen Tag beschallt zu werden? Was machte man in seiner Freizeit ohne Videospiele oder Internet?

Während heutzutage die Finger stundenlang Tasten drücken und per Knopfdruck elektronische Befehle erteilen, entstanden früher unter fleißigen Händen selbst hergestellte Dinge wie gestrickte Pullover und genähte Kleider, bestickte Bettwäsche oder Tischdecken und handgeknüpfte Teppiche. Man vergnügte sich mit Gesellschaftsspielen oder traf sich nach getaner Arbeit abends, um gemütlich miteinander zu plaudern. Die Kinder spielten stundenlang mit ihren Freunden draußen, durchstreiften Wiesen und

Wälder und waren mit den Gegebenheiten der Natur vertraut. Das Rauschen der Wälder oder das Gezwitscher der Vögel war ihnen nicht fremd.

Der Klang der Kirchenglocken begleitete die Menschen täglich, und man wusste am Läuten der Glocke zu deuten, ob Hochzeit gefeiert wurde oder ob jemand gestorben war.

Die Jahreszeiten waren wegweisende Begleiter der Menschen und bestimmten zum großen Teil darüber, wie sie ihre Zeit verbrachten. Alles hatte seine Zeit, Alt und Jung lebte im Einklang mit der Natur. Mit dem Aufgang der Sonne begann das Tagewerk, bei Sonnenuntergang hörte es wieder auf, und dann kehrte für gewöhnlich Ruhe ein.

Begleiterscheinungen im Leben gab es schon immer. Die neuen Wegbegleiter bringen jedoch bisher nie da gewesene Begleit-Erscheinungen und Nebenwirkungen mit sich. Sie reichen von »selten« bis zu »sehr häufig«, und immer mehr Menschen sind davon betroffen. Stundenlanges Ausharren vor dem Computer führt zu mangelnder Bewegung, der starr ausgerichtete Blick auf den Bildschirm kann die Augen beeinträchtigen, und der Wortschatz schrumpft oft auf ein Minimum zusammen. Gesprochen wird nur das Nötigste, schließlich kann man sich im Internet schneller mit Wortkürzeln verständigen. Die Kommunikation im Kreise der Familie beschränkt sich häufig auf ein paar Sätze am Tag.

Die weltweite Vernetzung ermöglicht es uns wie nie zuvor, per Knopfdruck innerhalb von Sekunden unerschöpfliche Informationen zu erhalten. Doch auch hier sind Nebenwirkungen nicht ausgeschlossen, sie sind sogar wie Pilze aus dem Boden geschossen und werden immer häufiger. Privates wird öffentlich gemacht, Bilder werden verbreitet, elektronische Daten werden geklaut, und es wird gemobbt, gelästert und beleidigt. In Sekundenschnelle werden Mitteilungen mit oft unabsehbaren Folgen für die betroffene Person versandt. Sobald die Nachricht abgeschickt ist, verbreitet sie sich unwiderruflich wie ein Lauffeuer durch die Computerwelt.

Viele unserer Wegbegleiter haben sich verändert. Aber Gott sei Dank nicht alle. Wie seit Urzeiten begleitet uns die Sonne am Tag und der Mond in der Nacht; nach wie vor wechseln Ebbe und Flut sich regelmäßig ab, und immer noch gibt es bei uns Frühling, Sommer, Herbst und Winter. Über alledem steht wie eh und je ein Weggefährte, der immer derselbe ist: unser Vater im Himmel. Er hat sich seit Menschengedenken nicht verändert und wird es auch bis zum letzten Tag nicht tun. Gott kennt unseren Weg bereits vom Ende her. Wenn wir es zulassen, wird er uns leiten und bis ans Ziel bringen, mögen die Wege auch noch so verschlungen sein. Gott ist da wie ein Fels in der Brandung, stark und fest. Sein Versprechen gilt heute noch genauso, wie es immer schon gegolten hat: *Und siehe, ich bin bei euch alle Tage bis an der Welt Ende* (Matthäus 28,20). Und das tut gut.

# Mein jähzorniger Urgroßvater

Mein Urgroßvater muss ein ganz besonderer Mensch gewesen sein. Er wurde im neunzehnten Jahrhundert geboren und war ein Mann vom alten Schlag aus einer Zeit, in der Werte noch viel mehr zählten als heute. Leider habe ich ihn nicht mehr kennengelernt. Er starb im Jahr 1936 im Alter von 71 Jahren, nur ein paar Wochen bevor mein Vater und sein Zwillingsbruder geboren wurden. Den unerwarteten Zwillingssegen seiner Tochter durfte er zwar nicht mehr erleben, dafür blieben ihm aber die Schrecken des Zweiten Weltkrieges erspart.

Zeit seines Lebens war mein Urgroßvater ein begnadeter Künstler. Seine Leidenschaft war die Malerei, die er dank seiner großen Begabung sogar zum Beruf machen konnte. Schon als junger Mann wurde er Porzellanmaler und arbeitete für eine Porzellanmanufaktur, wo er kostbares Geschirr bemalte. Unter seiner Hand entstanden wunderschöne Blumenmuster und Landschaftsszenen, die er mit feinsten Pinseln auf Teller, Schüsseln und Tassen malte. Auch in seiner Freizeit schaffte er manches Kunstwerk; einige seiner Porzellanmalereien befinden sich heute noch im Familienbesitz. Die geschmackvollen Motive und Verzierungen zeugen von einem großartigen Fingerspitzengefühl des Malers, von seinem feinen Gespür fürs Detail, von seiner Liebe zur Schöpfung und von seiner großen Geduld beim Malen.

Neben seinen vielen guten Seiten hatte mein Urgroßvater aber auch einen Makel, der ihm zeit seines Lebens zu schaffen machte. Immer wieder kam er sich selbst damit in die Quere. Es war sein Jähzorn, der ab und zu aufflammte, weswegen er bisweilen auch gefürchtet wurde. Mein Urgroßvater war sich seines Makels bewusst, und obwohl er ständig dagegen ankämpfte, gewann sein Jähzorn gegen seinen Willen oft die Oberhand. Gerade das war für ihn sehr demütigend, die Kontrolle über sich selbst zu verlieren und sich damit vor anderen bloßzustellen. Dazu kam, dass ihm das Wort Gottes heilig war. Er kannte die Verse 19 und 20 aus dem ersten Kapitel des Jakobusbriefs nur allzu gut: *Ein jeder Mensch sei schnell zum Hören, langsam zum Reden, langsam zum Zorn. Denn des Menschen Zorn tut nicht, was vor Gott recht ist.* Genau das wollte er sein Leben lang tun: das, was vor Gott recht ist. Sein Bemühen darum machte ihn trotz seiner Zornesausbrüche sehr liebenswürdig. Er versuchte nicht, sich zu rechtfertigen, wenn sein Jähzorn wieder einmal ausgebrochen war. Hinterher tat es ihm immer leid. Seine Familie wusste, dass er es nicht wirklich böse meinte und lernte mit der Zeit, ihm aus dem Weg zu gehen, wenn er zornig wurde.

Mein Urgroßvater hatte sich sogar einen Bibelspruch mit schwarzer Tinte in seiner schönsten Schrift aufgeschrieben und über seinem Schreibtisch aufgehängt: *Ein Jähzorniger handelt töricht* (Sprüche 14,17). Dass er diesbezüglich immer wieder versagte, wurmte ihn gewaltig.

Einmal brachte er es sogar fertig, sich sein Handgelenk im Schlaf zu brechen. Wieder einmal war es sein Jähzorn, der sich seiner bemächtigt hatte – nachts im Traum! Er träumte von einem seiner Kinder. Welches es war, vermochte er später nicht zu sagen. Doch dieses Kind erregte in seinem Traum so sehr seinen Zorn, dass er es für richtig hielt, ihm eine schallende Ohrfeige zu geben. Der Traum verpuffte danach sehr schnell, denn mein Urgroßvater schlug mitten in der Nacht im Schlaf so fest zu, dass seine Hand mit voller Kraft an die Schlafzimmerwand knallte. Dadurch weckte er sich äußerst unsanft selbst auf. Meinem Urgroßvater war es zwar unangenehm, den wahren Grund seines gebrochenen Handgelenks zu erzählen, doch ehrlich, wie er war, bekannte er sich zu seinem nächtlichen Anfall von Jähzorn.

Als mein Urgroßvater beinahe siebzig Jahre alt war, ahnte er wohl, dass er nicht mehr allzu lange leben würde. Er sprach ab und zu davon, wie es wohl nach dem Sterben sein würde, und versprach seiner Frau: »Wenn ich euch aus dem Jenseits etwas mitteilen kann, werde ich es machen. Ich werde mich bei euch melden, wenn es eine Möglichkeit dazu gibt.« Nach seinem Tod im Alter von 71 Jahren dachte meine Urgroßmutter oft an seine Worte. Sie wusste, dass er ihr ein Zeichen geben würde, wenn er es könnte. Doch sie hörte nie wieder etwas von ihm. Sie vertraute darauf, dass ihr Mann bei Gott geborgen war und dass dieses letzte große Geheimnis des Lebens den Menschen erst dann eröffnet wird, wenn sie in Gottes Herrlichkeit eingehen.

# Da steht ein Auto auf dem Flur

Einem Auto zu begegnen ist heutzutage nichts Ungewöhnliches. Autos sind zu unseren täglichen Weggefährten geworden, ohne sie können wir uns das Leben nicht mehr vorstellen. Vor sechzig Jahren war das noch anders. In den Fünfzigerjahren war das Verkehrsaufkommen bei Weitem nicht so hoch, obgleich damals bereits der einmillionste VW-Käfer vom Band rollte.

Zu dieser Zeit machte mein Vater seine Lehre zum Werkzeugmechaniker und besuchte im Rahmen seiner Ausbildung einmal in der Woche die Berufsschule in einer kleinen Stadt im Schwarzwald. Die jungen Männer hatten während des Schulunterrichts aber nicht nur ihre Ausbildung vor Augen, sondern waren stets zu Scherzen aufgelegt und nutzten manch langweilige Unterrichtsstunde, um ihrem Lehrer einen Streich zu spielen. Außer dem gleichen Berufsziel hatten sie noch eine Gemeinsamkeit: Jeder von ihnen träumte davon, eines Tages ein eigenes Auto zu besitzen. Sie wussten auch genau, welches Auto auf dem Schulparkplatz zu welchem Lehrer gehörte. In den Pausen trafen sie sich oft auf dem Parkplatz, wo sie sich die verschiedenen Automodelle ansahen. Obwohl längst nicht alle Lehrer ein Auto besaßen, gab es für die jungen Männer eine interessante Auswahl zu sehen: vier VW-Käfer, einen Borgward, zwei Goggomobile und einen Fiat 500C, der von allen nur Mäuschen genannt wurde. Außerdem eine Ente von Citroën und den Kleinwagen des beliebten Lehrers Herrn Mittelbrunn, eine BMW Isetta. Mit ihrer ungewöhnlichen Türkonstruktion erregte diese bei den Schülern besondere Aufmerksamkeit. Sie freuten sich jedes Mal, wenn Herr Mittelbrunn nach Ende des Schulunterrichts die Fronttür wie bei einem Kühlschrank aufklappte und dann das Lenkrad mit der Tür nach vorne schwenkte.

An einem sonnigen Tag im Mai versammelten sich die Schüler von Herrn Mittelbrunn während der großen Pause um seine Isetta und heckten einen besonders einfallsreichen Streich aus. Ihrem Klassensprecher Moritz war nämlich der Gedanke gekommen, dass die zweisitzige Isetta klein genug wäre, um auf den Flur im zweiten Stockwerk des Schulgebäudes zu passen. Das Lehrerzimmer befand sich am Ende des Flures, sodass jeder Lehrer, also auch Herr Mittelbrunn, unweigerlich an dem Auto vorbeikommen würde. Nachdem zwei der Schüler den Eingang zum Schulgebäude und das Treppenhaus ausgemessen und mit den Maßen der Isetta verglichen hatten, stellten sie erfreut fest, dass sie das kleine Auto ohne großen Aufwand in die Schule bringen konnten. Den jungen Auszubildenden war jedoch klar, dass sie nicht viel Zeit haben würden, das Auto vor Ort wieder zusammenzubauen, ohne dabei gesehen zu werden. Sie wussten, dass das Lehrerkollegium sich jeden Donnerstagmorgen eine Stunde vor Unterrichtsbeginn zur Besprechung im Lehrerzimmer traf. Dieser Zeitpunkt war die Gelegenheit, ihr Vorhaben in die Tat umzusetzen.

So lauerten an einem Donnerstag im Mai morgens um halb sieben alle sechzehn Schüler der Werkzeugmechaniker-Klasse mit Wagenheber und Werkzeugen bestückt hinter der Parkplatzmauer. Sie beobachteten, wie ein Lehrer nach dem anderen mit dem Auto, dem Fahrrad oder zu Fuß ankam, und zählten genau mit, um sicher zu sein, dass auch alle da waren. Kaum war der letzte Lehrer ins Schulhaus gegangen, machten sich die jungen Männer ans Werk. Sie hatten im

Vorfeld alles genauestens geplant und abgesprochen. Zuerst wurde der Wagen aufgebockt, dann die vier Räder abgeschraubt. Während Günther, Hermann, Dieter, Klaus, Walter und Horst die Isetta zum Schulgebäude trugen, transportierten Helmut, Manfred, Karl und Rolf jeweils einen Reifen. Willy hielt die Tür auf, und Siegfried, Heinz und Alfred brachten die Werkzeuge hinterher. Mühevoll trugen die sechs ausgewählten Schüler das Auto hinauf in den zweiten Stock, wo die vier Räder in aller Eile wieder angeschraubt wurden.

Schließlich stand das kleine Auto fahrbereit auf dem Flur. Die Schüler rannten daraufhin zur Treppe, die in den dritten Stock führte, um von dort aus das weitere Geschehen zu beobachten. Sie mussten nicht lange warten. Nach wenigen Minuten läutete die Schulglocke zur ersten Unterrichtsstunde, und die Tür zum Lehrerzimmer öffnete sich. Die ersten Lehrer, die herauskamen, blieben wie angewurzelt stehen. Überrascht starrten sie zunächst auf das Auto im Flur, doch dann lachten sie lauthals los. Beinahe als Letzter kam Herr Mittelbrunn heraus. Als er die Isetta auf dem Flur erkannte, lief er ungläubig um sein Auto herum, völlig verdattert. Währenddessen musste er sich von seinen Kollegen auch noch hämische Bemerkungen anhören: »Hat dich deine Knutschkugel so vermisst, dass sie dir schon in die Schule hinterherkommt?« – »Dein Schlaglochsuchgerät wird auf dem Flur vermutlich nicht fündig werden!« – »Das ist ja mal eine tolle Idee, deine Asphaltblase auf dem Flur zu parken!« – »Jetzt musst du nur noch vier Kerzen auf das Dach stellen, und wir können uns den nächsten Adventskranz sparen – Adventsauto heißt deine Isetta ja sowieso schon, getreu dem Motto ›Macht hoch die Tür‹.« Die Kollegen brüllten vor Lachen, und allmählich konnte auch Herr Mittelbrunn mitlachen, nachdem er seinen anfänglichen Schockzustand angesichts seiner Isetta im Flur überwunden hatte. Schließlich fand er einen kleinen Zettel im Türschlitz stecken und las: »Wir wollten Ihnen eine kleine Freude machen und Ihnen den Weg zu Ihrem Auto verkürzen – Ihre Azubis.« Keiner der Lehrer ahnte, dass alle sechzehn Schüler der Werkzeugmechaniker-Klasse von der oberen Treppe aus grinsend das Schauspiel beobachteten, das sich auf dem Flur unter ihnen abspielte. Als Herr Mittelbrunn schließlich mit großer Verspätung zur ersten Unterrichtsstunde kam, saßen seine Schüler brav auf ihren Plätzen.

Da die Täter im Einzelnen nicht zu ermitteln waren, verdonnerte Herr Mittelbrunn seine Klasse zu der

Kollektivstrafe: eine Stunde nachsitzen. Nach Unterrichtsende musste jeder einzelne Schüler mithelfen, die Isetta unbeschädigt und startbereit wieder auf dem Parkplatz aufzustellen.

Wenige Wochen nach diesem gelungenen Streich sah man Herrn Mittelbrunn in einem VW-Käfer anrollen, den er für seine Isetta eingetauscht hatte. Niemand wusste so genau warum. Vielleicht weil der Käfer für einen Parkplatz auf dem Flur zu groß war?

# Beste Freundinnen

In meiner Kindheit hatte ich zwei beste Freundinnen. Meine Freundin Susi war einen Kopf größer als ich, obwohl sie nur acht Tage älter war. So musste ich jedes Mal zu ihr aufschauen, wenn ich mit ihr reden wollte. Doch ich schaute auch aus anderen Gründen zu ihr auf: Susi war immer gut gelaunt, Susi konnte wunderschön singen, Susi war bei jedermann beliebt. Sie war gut in der Schule und hatte die schönste Schrift. Susi trug die modernsten Kleider und vor allem: Susi hatte die neuesten Rollschuhe und ich nicht. Ihr Vater hatte sie von einer Geschäftsreise aus München mitgebracht. Doch Susi war großzügig und ließ mich auch mit ihren Rollschuhen fahren. Wir hatten viel Spaß miteinander, und eifersüchtig wachte ich darüber, dass Susi genauso viel Zeit mit mir verbrachte wie mit ihren anderen Freundinnen.

Meine andere beste Freundin war etwa zwei Jahre jünger als ich und lebte bei uns zu Hause. Sie war zierlich und von anmutiger Gestalt. Ihre Haare waren rabenschwarz und glänzten besonders schön, wenn die Sonne darauf schien. Und in der Sonne lag sie besonders gerne. Meine kleine Freundin achtete stets auf gepflegtes Aussehen und verbrachte viel Zeit mit ihrer Körperpflege. Wenn ich ihr etwas erzählte, spitzte sie ihre weichen Ohren und hörte mir gut zu. Ich wusste, dass sie die Geheimnisse, die ich ihr anvertraute, niemandem weitererzählen würde. Ihr Name war übrigens Fifi.

Fifi wartete auf mich, wenn ich nach Hause kam, und folgte mir auf Schritt und Tritt, vor allem wenn ich etwas Essbares in der Hand hatte. Dabei war sie immer auf ihre schlanke Linie bedacht und nahm nur das zu sich, was ihr guttat. Ungesunde Kost verschmähte sie. Als Dank erhielt ich von ihr ein wohliges Schnurren, denn Fifi war meine Katze. Fifi war aber nicht nur eine gewöhnliche Hauskatze, sondern sie hatte ganz besondere Gaben und Fähigkeiten. Sie spürte genau, wie es mir ging. Wenn ich traurig war, strich sie leise miauend um meine Beine, so als wolle sie mich trösten. Ich konnte ihr alles erzählen, meine Sorgen und Ängste, aber auch meine Hoffnungen und Freuden. Nie lachte sie mich aus oder machte sich über mich lustig. Immer ließ sie mich ausreden, sie unterbrach mich nie. Sie war auch nicht beleidigt, wenn ich meine schlechte Laune an ihr ausließ; schweigend ließ sie mich über die Ungerechtigkeiten der Welt schimpfen. Für ihre jungen Jahre war sie sehr weise – sie wusste genau, wann sie etwas sagen sollte und wann es an der Zeit war, zu schweigen. Meistens wählte sie Letzteres. Würdig und anmutig schaute sie mich an, wenn ich mit ihr redete. Ja, sie war eine gute Freundin, meine kleine Fifi. Ihre Krallen kamen in meiner Gegenwart selten zum Vorschein. Nur ab und zu machte sie davon Gebrauch, und zwar dann, wenn Artgenossen in ihre Nähe kamen.

Wehe der Katze, die es wagte, die Grenzen unseres Grundstücks zu überschreiten. Half das Katzengeschrei von Fifi nicht, zeigte sie ihre Krallen, sodass es nicht selten zum Katzenkampf kam. Verlierer waren immer die Eindringlinge; ganze Fellbüschel zeugten anschließend von dem stattgefundenen Kampf. Nach getaner Arbeit hatte Fifi die Gabe, es sich gemütlich zu machen. Sie fand selbst den kleinsten Sonnenstrahl und rollte sich wohlig schnurrend in seiner Wärme. Gab es etwas Neues bei uns im Haus, war sie die Erste, die sich darauf legte, um sogleich ihren Besitzanspruch für alle sichtbar geltend zu machen. Ja, ich liebte meine beste Freundin Fifi. Sie war immer für mich da und begleitete mich viele Jahre lang treu, tagein, tagaus.

Einmal malte ich ein Bild für sie, ein Porträt von ihr. Dieses Bild hängte ich bei ihrem Schlafplatz an die Wand. Dort hing es viele Jahre, bis es eines Tages herunterfiel ...

Mit zunehmendem Alter wurde Fifi gebrechlicher. Ihre Haare ergrauten, ihre Zähne wurden stumpf. Dann wurde sie krank, sie konnte nichts mehr fressen und bekam Fieber. Ein Besuch beim Tierarzt brachte uns nur die Gewissheit, dass sie nicht mehr lange zu leben hatte. Sie hielt noch ein paar Tage durch, konnte aber kaum noch etwas zu sich nehmen. Als sie dann plötzlich und unverhofft ihre Schüssel mit großem Appetit leer fraß, schöpften wir noch einmal Hoffnung. Doch unsere Hoffnung sollte sich nicht erfüllen, denn eine Stunde später lag sie tot in der Kiste, die seit Jahr und Tag als ihr Bett gedient hatte. Als ich ein paar Stunden später noch einmal zu ihrem Platz ging, lag das Bild, das ich für sie gemalt hatte, auf dem Fußboden neben ihrer Kiste. Es war nach Jahren heruntergefallen, genau an dem Tag, an dem Fifi starb. Ich weinte bittere Tränen, denn schließlich hatte ich eine meiner zwei besten Freundinnen verloren. Gut, dass meine andere beste Freundin Susi mir damals zur Seite stand und dies bis heute noch tut, denn: *Ein Freund liebt allezeit* (Sprüche 17,17).

Ein Tier zum Weggefährten zu haben, ist gut. Besser ist es, wenn der Weggefährte ein Mensch ist, der mit einem durch dick und dünn geht. Am allerbesten ist es aber, Gott an seiner Seite zu wissen, denn nur er begleitet uns bis zur Ewigkeit.

# Wenn Zahnstocher
## auf Reisen gehen

In dem kleinen Restaurant herrschte geschäftiges Treiben. Die Tische waren gut besetzt, und je später der Abend wurde, umso mehr Gäste mussten unverrichteter Dinge das Lokal wieder verlassen, um ihren Hunger anderswo zu stillen. Die Kellnerinnen und Kellner eilten zwischen Tischen und Küche hin und her, nahmen Bestellungen auf und bedienten die Gäste mit Getränken und Speisen.

Ein köstlicher Duft erfüllte den Raum, im Hintergrund spielte ein Pianist auf dem Klavier leise Töne, und die Luft war erfüllt von dem Stimmengewirr der plaudernden Gäste. An einem runden Tisch in der Ecke saßen Bernd und seine Kollegen Jürgen, Klaus und Willy. Bernd war Kameramann, Jürgen sein Assistent. Klaus war Tontechniker und Willy Regisseur. Sie hatten den ganzen Tag lang an einer Dokumentation über das Leben des berühmten Dichters

Ludwig Uhland gearbeitet. Dabei hatten sie die Einwohner der Stadt interviewt und einige historische Plätze gefilmt. Nun war alles im Kasten, und die vier Männer freuten sich auf einen entspannten Abend in gemütlicher Runde, bevor sie sich am nächsten Tag auf die Heimreise machen würden. Sie waren ein eingespieltes Team und kamen nicht nur beruflich prima miteinander klar. Als die Bedienung kam, um ihre Bestellung entgegenzunehmen, waren sie sich einig: »Für jeden ein Glas Bier und zum Essen Hamburger mit einer großen Portion Pommes!«

Während sie auf ihr Essen warteten, redeten sie über die Ereignisse des Tages und die verschiedenen Menschen, denen sie begegnet waren. Schon bald kam die Kellnerin an ihren Tisch zurück und balancierte vier große Teller mit Hamburgern und Pommes. Die Portionen waren so groß, dass die vier Kollegen zwar die Hamburger aßen, bei den Pommes aber irgendwann aufgaben. Nachdem ihre Mägen gut gefüllt waren und jeder sich ein zweites Glas Bier genehmigt hatte, waren sie in bester Stimmung. Bernd besah sich die übrig gebliebenen Pommes, schaute dann auf die Dose mit Zahnstochern auf ihrem Tisch und grinste plötzlich schelmisch: »Ich habe eine Idee. Wie wäre es, wenn wir die Zahnstocher in unsere Pommes stecken,

32

bevor die Kellnerin sie abräumt?« Jürgen, Klaus und Willy waren sofort begeistert von dieser ungewöhnlichen Idee und machten sich an die Arbeit. Sorgfältig schoben sie in jedes Kartoffelstäbchen einen Zahnstocher so tief hinein, dass man diesen nicht mehr sehen konnte. Als die Zahnstocher aufgebraucht waren, hatten sie etwas 50 Pommes damit bestückt. Sie waren gerade fertig, da kam die Kellnerin an ihren Tisch. »Hat es Ihnen geschmeckt?« Ihr Blick fiel auf den Teller mit Pommes. »Soll ich die schon mitnehmen oder essen Sie noch?« Willy versuchte, ernst zu bleiben, als er sagte: »Nehmen Sie sie ruhig mit, wir sind satt.« Die Kellnerin machte sich daran, den Tisch abzuräumen. Die Männer bestellten noch Espresso und Tiramisu.

Während sie auf ihren Nachtisch warteten, hörten sie, wie eine Familie am Nachbartisch ihre Bestellung aufgab: »… und für die Kinder Pommes und Chicken Nuggets.« Kurze Zeit später kam die Kellnerin zurück und brachte den Kaffee und das Tiramisu sowie das bestellte Essen der Familie am Nachbartisch. »Hurra, Pommes!«, riefen die beiden Kinder. Während Bernd, Jürgen, Klaus und Willy genüsslich ihren Kaffee schlürften und das Tiramisu aßen, hörten sie plötzlich, wie die Kinder am Nachbartisch zu ihren Eltern sagten: »Die Pommes sind ja ganz hart!« Kurz darauf schrien sie: »Da sind ja Zahnstocher drin!« Die vier Männer drehten sich erstaunt zum Nachbartisch um und sahen, wie die ganze Familie damit beschäftigt war, die Pommes zu untersuchen. Und tatsächlich, ein Kartoffelstäbchen nach dem anderen war mit einem Zahnstocher versehen. Nach einem kurzen Augenblick der Fassungslosigkeit sahen sich die vier Männer verblüfft an und begannen, lauthals zu lachen. Sie lachten, bis ihnen die Tränen herunterliefen und konnten sich kaum beruhigen. Die inzwischen herbeigerufene Kellnerin besah sich die Pommes und traute ihren Augen nicht: »Wie ist das denn möglich? Das ist ja merkwürdig, Zahnstocher in allen Pommes! Hoffentlich hat sich niemand verletzt. Das ist mir wirklich sehr unangenehm. Da muss der Küche wohl ein Fehler unterlaufen sein. Ich bringe Ihnen sofort neue.« Schnell nahm sie die Teller der Kinder wieder mit und verschwand damit in der Küche.

Während sich Bernd, Jürgen, Klaus und Willy die Lachtränen abwischten, überlegte die Familie am Nachbartisch, wie es sein konnte, dass die Pommes mit Zahnstochern versehen waren. »Vielleicht sind dem Koch aus Versehen Zahnstocher in die Fritteuse gefallen«, vermutete der 9-jährige Sohn. »Oder vielleicht hat jemand bei der Kartoffelernte Zahnstocher verwendet«, mutmaßte die 12-jährige Tochter der Familie. Ihre Eltern schüttelten nur immer wieder ratlos die Köpfe.

Kurz darauf kam die Kellnerin zurück mit einer großen Schüssel dampfender Pommes frites in der Hand. Sie stellte die Schüssel auf dem Tisch der Familie ab, entschuldigte sich noch dreimal und wünschte den Kindern einen guten Appetit. Dann wandte sie sich schnell an den Tisch von Bernd, Jürgen, Klaus und Willy, die nun bezahlen wollten. Schelmisch grinsend fragte Klaus die Kellnerin: »Gibt es das bei Ihnen öfters, gefüllte Pommes?« Die Kellnerin blickte die vier Freunde herausfordernd an: »Sie wissen nicht zufällig, wie die Zahnstocher dort hineingekommen sind?« Jürgen grinste: »Doch, das wissen wir, aber uns würde interessieren, wieso unsere Pommes jetzt auf dem Nachbartisch serviert wurden!«

Der jungen Kellnerin war diese Frage offensichtlich unangenehm, und sie errötete leicht, als sie antwortete: »Irgendwie scheinen die Zahnstocher in den Pommes auf Reisen gegangen zu sein. Da muss der Koch wohl etwas verwechselt haben. Heute Abend hat er besonders viel zu tun. Aber ehrlich gesagt, unser Chef ist ziemlich knausrig, und es wäre nicht das erste Mal, dass er zurückgegangenes Essen sozusagen wiederverwertet hätte.« Schnell legte sie ihren Finger auf den Mund und fügte hinzu: »Aber das haben Sie nicht von mir gehört, okay? Sonst bin ich meinen Job los.«

Immer noch lachend verabschiedeten sich die vier Kollegen und wünschten der Familie am Nachbartisch im Vorübergehen einen guten Appetit.

# Das verschenkte Geschenk

Was schenkt man jemandem, der schon alles hat und nichts mehr braucht? Das Geschenk sollte nicht allzu viel kosten, aber dennoch nützlich oder hübsch anzusehen sein. Will man sich außerdem eine große Rennerei ersparen, ist es sehr praktisch, wenn man auf etwas zurückgreifen kann, was man bereits im Haus hat. So ähnlich muss Mathilde es sich damals überlegt haben, als sich der Geburtstag ihrer bester Freundin Erna wieder einmal näherte. Zu dieser Zeit ahnte noch niemand etwas von Bestellungen im Internet rund um die Uhr mit 24-Stunden-Lieferservice. Erst vor Kurzem hatte Mathilde in eine neue technische Errungenschaft investiert und sich ein weinrotes Telefon mit Tastatur anschließen lassen. Es ersetzte ihr bisheriges tannengrünes Telefon mit Drehscheibe, das ihr zunehmende Schwierigkeiten bereitet hatte. Nur selten hatte sie die Scheibe mit ihren zittrigen Fingern bis zum Anschlag gedreht oder die Geduld aufgebracht, zu warten, bis diese sich wieder vollständig zurückgedreht hatte. Deshalb hatte sie sich immer öfter verwählt. Doch mit ihrem neuen Telefon hatte sie dieses Problem nicht mehr, und sie nahm sich fest vor, Erna an ihrem Geburtstag anzurufen, um ihr zu gratulieren. In wenigen Tagen würde ihre langjährige Freundin ihren 75. Geburtstag feiern. Der Anruf sollte aber nur das Sahnehäubchen sein, zuvor wollte Mathilde ihre Freundin mit einem ausgesuchten Geschenk überraschen.

Schließlich waren sie weite Teile ihres langen Lebensweges gemeinsam gegangen, waren als Kinder im selben Dorf aufgewachsen, hatten zusammen die Schulbank gedrückt und waren auch später in Kontakt geblieben, nachdem sich ihre Wege getrennt hatten. Sie hatten sich nie große Geschenke gemacht, es waren kleine Aufmerksamkeiten, die sie sich zu Weihnachten und zum Geburtstag zukommen ließen. Nach längerem Überlegen beschloss Mathilde, Erna ein Buch zu ihrem Geburtstag zu schenken. Sie hatte aber keine Ahnung, welches, und hatte auch keine Lust, in einen Buchladen zu gehen, um dort Geld für eine Lektüre auszugeben, die Erna vielleicht dann gar nicht lesen würde. So ging sie zu Hause ihr eigenes Bücherregal durch und zog schließlich ein dickes

Werk heraus. Es war in einem hellblauen Umschlag eingebunden und sah so aus, als wäre es noch nie gelesen worden. Mathilde konnte sich auch nicht an den Inhalt erinnern, doch der Titel klang interessant: *Von der hohen Kunst zu leben*. Nachdem sie den Staub abgewischt hatte, dachte sie zufrieden: »Sieht aus wie neu, Erna wird gar nicht merken, dass es aus meinem eigenen Bücherregal kommt!« Dann packte sie das Buch in Geschenkpapier ein, steckte es in einen Umschlag und brachte es zur Post.

Pünktlich zum Geburtstag kam das Päckchen bei Erna an. Als diese das Geschenk ihrer Freundin ausgepackt hatte und das blau eingebundene Buch in den Händen hielt, stutzte sie. Das Buch kam ihr irgendwie bekannt vor, doch sie konnte sich beim besten Willen nicht daran erinnern, wo sie es schon einmal gesehen hatte. Neugierig schlug sie die Umschlagseite auf, um Näheres über den Inhalt zu erfahren. Auf der ersten Seite fand sie zwar keine Inhaltsangabe, dafür aber eine handgeschriebene Widmung. Erna erkannte die Handschrift sofort, und plötzlich fiel es ihr wie Schuppen von den Augen: Sie selbst hatte ihrer Freundin Mathilde vor 25 Jahren dieses Buch geschenkt und eine Widmung in Gedichtform auf die erste Seite geschrieben:

*Liebe Mathilde!*

*Kaum zu glauben, aber wahr,*
*du wirst heute 50 Jahr.*
*Zu deinem Festtag heute*
*gratulieren dir ganz viele Leute.*
*Auch ich wünsch dir zum Wiegenfeste*
*von Herzen nur das Allerbeste,*
*Gesundheit, Glück und Gottes Segen*
*sei´n mit dabei auf deinen Wegen.*
*Bleib wie du bist, mach weiter so,*
*denn du machst die Menschen froh.*
*Nimm jeden Tag aus Gottes Hand,*
*dann baust du nicht auf Sand.*
*Wenn dann die Menschen fragen,*
*warum sie dich nie hören klagen,*
*sagst du vielleicht verwundert:*
*»Das kann ich noch mit hundert,*
*was nutzt mir alles Klagen*
*über meine Plagen?*
*Das Leben hier ist schön,*
*man muss es nur so sehn.«*
*Genau das tust du auch, ich kenn dich ja,*
*du bist nun 50 Jahre da.*
*Auch wenn ich heut nicht bei dir bin,*

*denk ich an dich mit Herz und Sinn.*
*Hast du Tage außer Rand und Band,*
*so nimm doch dieses Buch zur Hand.*
*Lass es dir zur Seite stehn,*
*sollt´ es dir mal nicht gut gehn.*
*Oder lies es einfach so,*
*es macht die Seele immer froh.*
*Mög´ es dir zum Begleiter werden*
*alle Tage hier auf Erden.*
*Ich bin zwar fern, doch dir stets nah*
*im Herzen, deine Erna – immer da.*

Als Erna ihr selbst verfasstes Gedicht fertig gelesen hatte, lächelte sie gedankenversunken. Sie konnte sich noch gut daran erinnern, wie sie es für ihre Freundin gedichtet hatte. Doch nun konnte sie sich keinen Reim darauf machen, was es zu bedeuten hatte, dass Mathilde ihr das Buch nach 25 Jahren sozusagen zurückschenkte.

Sie öffnete die beiliegende Geburtstagskarte. Mathilde hatte sich wie üblich kurz gefasst und in ihrer krakeligen Schrift nur das Nötigste mitgeteilt: »Liebe Erna, herzlichen Glückwunsch zum Geburtstag! Ich hoffe, das Geschenk kommt rechtzeitig bei Dir an. Herzliche Grüße, Deine Mathilde.«

In diesem Augenblick klingelte das Telefon. Es war Mathilde: »Hallo Erna, alles Gute zum Geburtstag!« Erna freute sich, die Stimme ihrer Freundin zu hören: »Hallo Mathilde, vielen Dank! Ich habe gerade dein Geschenk ausgepackt. Ganz besonders schön finde ich das Gedicht auf der ersten Seite.« Mathilde war offensichtlich überrascht, denn sie antwortete: »Welches Gedicht? Ich wusste gar nicht, dass in dem Buch Gedichte stehen.« Erna begann zu ahnen, dass ihre Freundin dieses Buch nie aufgeschlagen hatte. »Aber Mathilde, gleich auf der ersten Seite steht doch eine ganz persönliche Geburtstagswidmung in Versform, von Hand geschrieben!« Mathilde schien zu überlegen, dann fragte sie vorsichtig: »Äh, du meinst, jemand hat von Hand etwas für dich dort hineingeschrieben?« Erna konnte ein Lachen kaum noch unterdrücken. »Nein, Mathilde. Nicht für mich. Die Widmung ist für dich, anlässlich deines 50. Geburtstages.« Erna las ihr das Gedicht vor. Als sie fertig war, herrschte auf der anderen Seite der Leitung eine lange Stille. Dann hörte Erna, wie Mathilde sich räusperte und schließlich wieder Worte fand: »O Erna, ich schäme mich ja so. Da hast du für mich so ein schönes Gedicht verfasst, und ich habe es nie gelesen. Und noch viel schrecklicher ist, dass ich ausgerechnet dir dein eigenes Buch zum Geschenk mache. Ach, ist mir das aber peinlich. Was wirst du nun von deiner Freundin denken, die dir ein Buch schenkt, das seit 25 Jahren ungelesen in ihrem Regal gestanden hat? Die zu faul war, sich auf den Weg zu machen, um dir ein hübsches Geschenk zu kaufen? Wenn du von nun an nichts mehr von mir wissen willst, hast du jedes Recht dazu.«

Erna spürte, dass Mathilde den Tränen nahe war. Sie selbst fand die Situation so erheiternd, dass sie nun laut loslachte. »Ach Mathilde, wir kennen uns nun schon seit 70 Jahren. Wir sind gemeinsam durch dick und dünn gegangen. Da werden wir doch wegen dieser harmlosen Geschichte nicht auseinandergehen. Ich bin nur froh, dass du auf diese Art und Weise endlich von meinem Gedicht erfahren hast, dessen Worte auch heute noch genauso für dich gelten wie damals vor 25 Jahren, nur dass du nicht mehr 50 bist! Wie wäre es, wenn du mich demnächst besuchen kommst und wir das Buch zusammen lesen?« Mathilde schniefte und stieß einen Seufzer der Erleichterung aus. »Erna, du bist die beste Freundin, die ich jemals gehabt habe. Wie meine Mutter mir schon immer sagte, kommt die Wahrheit früher oder später ans Licht. In diesem Fall hat es etwas länger gedauert, doch ich bin ja so froh, dass es jetzt dazu gekommen ist und dass du mir deswegen nicht böse bist. Ich komme gerne zu dir, und dann bringe ich dir ein schönes Geschenk mit!« Erna lachte: »Mein schönstes Geschenk bist du, also mach dir keine Mühe. Ich freue mich schon auf dich und die gemeinsamen Erinnerungen, in denen wir schwelgen können.« Die beiden Freundinnen verabschiedeten sich voneinander, beide tief bewegt über das verschenkte Geschenk und dessen Offenbarung.

# Toni und sein Terminkalender

Toni saß an seinem Schreibtisch, den Telefonhörer zwischen Ohr und Schulter geklemmt, und führte ein Kundengespräch. Die Hände musste er frei haben, um gleichzeitig im Terminkalender blättern zu können. Zwischendurch war auch ein Blick auf den vor ihm stehenden Computer nötig. Toni war ein viel beschäftigter, erfolgreicher Unternehmer. In jungen Jahren hatte er das Geschäft von der Pike auf gelernt, hatte sich im Betrieb seines Vaters hochgearbeitet und diesen schließlich wohlvorbereitet übernommen, nachdem sein Vater sich altersbedingt zurückgezogen hatte. Ein achtstündiger Arbeitstag, freie Feiertage oder gar sechs Wochen Urlaub im Jahr waren Toni fremd. Er hatte Arbeitstage von zwölf Stunden, Feiertage nutzte er häufig, um Liegengebliebenes aufzuarbeiten, und mehr als eine Woche Urlaub am Stück erschien ihm schon zu lang. Eigentlich hätte er auf Urlaub ganz verzichten können, denn er liebte seine Arbeit. Doch er liebte auch seine Frau Anna, und deswegen nahm er sich zwei- bis dreimal im Jahr eine Woche frei, um mit ihr entweder ans Meer oder in die Berge zu fahren. Er bevorzugte das Meer, seine Frau Anna hingegen liebte die Berge. Schon zu Beginn ihrer Ehe waren sie miteinander übereingekommen, dass sie sich mit den Urlaubszielen abwechseln würden, um beiden Vorlieben gerecht zu werden. Dies hatten sie auch im Laufe der Jahre beibehalten, nachdem sich vier Kinder zu ihnen gesellt hatten. Doch im Augenblick konnte er von Urlaub höchstens träumen. Wie jedes Jahr im Herbst war er mit seinem Unternehmen auf der Messe vertreten, was für ihn noch mehr Überstunden bedeutete.

An diesem Morgen war er nur kurz in seinem Büro, dann packte er seinen Computer ein, schnappte sich seine prall gefüllte Aktentasche und steckte seinen Kopf kurz ins Empfangszimmer, um seiner Sekretärin ein paar Anweisungen zu geben: »Heute werde ich nicht mehr ins Büro kommen, Frau Fischer. Falls noch etwas sein sollte, erreichen Sie mich über mein Handy. Sie wissen ja, dass ich heute auf der Messe bin und über den Tag verteilt mehrere Besprechungen habe.« Frau Fischer lächelte ihm zu: »Klar, ich weiß Bescheid. Übrigens, vorhin kam gerade noch eine Terminanfrage. Eine Dame wollte Sie heute auf der Messe treffen, egal zu welcher Uhrzeit. Ich habe sie von 14-15 Uhr eingeschoben, zwischen Ihrem Treffen mit dem Leiter der Baubehörde um 13 Uhr und dem Gespräch mit den Herren von der Presse um 15.30 Uhr.« – »So, eine Dame. Hat sie gesagt, wie sie heißt und um was es geht?« Frau Fischer beschäftigte sich mit dem Kopiergerät, das gerade einen Papierstau anzeigte. »Nein, sie meinte nur, es sei sehr wichtig und sie wolle Ihnen ihr Anliegen persönlich vortragen. Sie war höflich und klang am Telefon sehr professionell. Ihren Namen wollte sie mir nicht nennen, sie sagte, Sie wüssten dann schon, wer vor Ihnen stehe.« Toni zuckte mit den Achseln und gab zurück: »Klingt ungewöhnlich, aber interessant. Ich bin gespannt, was diese Dame mir präsentieren wird. Vielleicht hat sie eine Marketingstrategie entwickelt, mit der wir unserer Konkurrenz den Wind aus den Segeln nehmen können – oder vielleicht will sie uns aufkaufen und sich selbst in den Chefsessel setzen!« Toni lachte über seinen eigenen Witz und war nun doch neugierig darauf, wer diese anonyme Dame war und was für ein Anliegen sie vorbringen würde.

Schon kurz darauf dachte er aber nicht mehr daran, denn der Verlauf des Vormittags nahm seine ganze

Aufmerksamkeit in Anspruch. Der Messestand seines Unternehmens wurde pausenlos von Geschäftsleuten aus dem In- und Ausland besucht, sodass Toni und seine Mitarbeiter alle Hände voll zu tun hatten, um das neue Angebot vorzustellen, Fragen zu beantworten und Bestellformulare auszufüllen.

Ein Termin jagte den anderen, und ehe er es sich versah, erinnerte ihn sein elektronischer Terminkalender an das Treffen mit der anonymen Dame. Hastig schlürfte er an seiner Kaffeetasse und biss in sein belegtes Brot, bevor er sich in sein provisorisch eingerichtetes Büro auf dem Messestand zurückzog. Er hatte sich gerade die Krümel vom Mund gewischt, als es auch schon an der Tür klopfte. Schnell strich Toni sich über die Haare und zupfte seine Krawatte zurecht, dann schaute er mit einem Lächeln zur Tür und rief: »Herein!«

Gespannt beobachtete er, wie die Klinke langsam heruntergedrückt wurde und sich die Tür einen Spaltbreit öffnete. Die Dame schien zunächst zu zögern, doch dann öffnete sie die Tür ganz, trat entschlossen ins Büro und machte schnell die Tür hinter sich zu. Toni starrte die Dame sprachlos an. In der Tat wusste er, wer vor ihm stand. Es war seine eigene Frau! Mit einem schelmischen Lächeln erklärte Anna: »Ich will mal etwas Zeit mit dir haben, und da dachte ich, ich mache am besten einen Termin bei dir aus!« Gleich darauf konnte sie ihr Lachen nicht mehr verkneifen und prustete los. Toni wusste nicht so recht, ob er sich über diesen Einfall seiner Frau freuen oder ärgern sollte. Doch es dauerte nicht lange, da stimmte er in ihr Lachen ein, und zusammen lachten sie, bis ihnen die Tränen herunterliefen. So eine Idee konnte nur seine Frau haben! Toni merkte, wie er anfing, sich zu entspannen. »Wir haben eine Stunde Zeit. Wo möchtest du hingehen?« Anna überlegte nicht lange: »Nirgendwo. Lass uns einfach hierbleiben, dann verlieren wir keine der kostbaren Minuten. Ich möchte einfach nur ein wenig mit dir plaudern.« Toni und Anna verbrachten die nächste Stunde damit, über ihre Kinder zu reden, darüber, wie sie den Garten neu gestalten könnten und wo ihre nächste Reise hingehen sollte.

Doch sie sprachen auch darüber, wie Toni etwas kürzertreten könnte, um mehr Zeit für die Familie zu haben. Anna erinnerte ihn daran, dass er sich schon lange nicht mehr für ihre Kirchengemeinde engagierte, obwohl diese ihm einst sehr am Herzen gelegen hatte. Toni hatte dem Wohl seines Betriebes über Jahre hinweg höchste Priorität eingeräumt und dabei viele andere Bereiche seines Lebens vernachlässigt. Das wurde ihm während der unverhofften Verabredung mit seiner Frau schlagartig klar, und das sollte sich nun ändern. Anna führte ihrem Mann eindrucksvoll vor Augen, wie er ohne Nachteile für das Unternehmen große Bereiche seines Aufgabenfeldes abgeben könnte. Er hatte genug fähige und verantwortungsvolle Mitarbeiter.

Viel zu schnell verflog die ihnen eingeräumte Stunde. Toni musste zu seinem nächsten Termin. Doch gemeinsam hatten die beiden Strategien entwickelt, um zukünftig gute Gewinne zu erzielen. Geld spielte dabei keine Rolle; es ging um Gewinne für ihr Leben und nicht zuletzt auch für die Ewigkeit. Toni würde sich von nun an mehr Zeit für seine Frau und seine Kinder nehmen und sich mit seinen Gaben wieder in der Kirchengemeinde einbringen. Als es an der Bürotür klopfte, standen Anna und Toni auf und schüttelten sich zum Abschied partnerschaftlich die Hände. Verschmitzt lächelnd sagte Anna: »Vielen Dank für das produktive Gespräch. Ich freue mich schon sehr auf unsere zukünftige Zusammenarbeit.« Toni gab seiner Frau einen flüchtigen Kuss auf die Wange und antwortete: »Bis heute Abend, mein Schatz. Ich werde pünktlich sein.«

# Einmal berühmt sein

Wer hat sich nicht schon einmal vorgestellt, wie es wäre, berühmt zu sein? Durch die Straßen einer Stadt zu laufen, dabei von fremden Menschen erkannt zu werden und um Autogramme gebeten zu werden? Sein Gesicht auf der Titelseite zahlreicher Illustrierten zu sehen? Auf der Bühne im Rampenlicht zu stehen oder in einer der zahlreichen Fernseh-Talkshows aufzutreten? Von Reportern verfolgt und von Paparazzi aufgelauert zu werden? Jubelschreie auszulösen, wo immer man auftaucht? Für viele ist das keine verlockende Vorstellung, doch andere wiederum träumen davon, berühmt zu sein.

Ich hatte einmal die Gelegenheit herauszufinden, wie es sich anfühlt, berühmt zu sein.

Wir waren auf Klassenfahrt in der Toskana. Wir, das war ein Haufen beinahe Erwachsener mit unseren Klassenlehrern. Noch ein Jahr trennte uns vom Abitur, und wir konnten es kaum erwarten, in die Welt hinauszugehen. Die Reise nach Italien war eine willkommene Abwechslung vom Schulalltag. Wir waren in bester Laune, voller Abenteuerlust und stets zu Scherzen aufgelegt. Neben Faulenzen am Strand war Kultur angesagt, und unser kunstbegeisterter Lehrer führte uns stundenlang durch Florenz und Pisa. In Pisa war es, wo ich für einen Abend lang berühmt werden sollte.

Ein langer, heißer Tag lag hinter uns, und wir hatten uns an den Fuß des schiefen Turms von Pisa gesetzt. Langsam ging die Sonne unter, doch die Marmorplatten hatten die Hitze des Tages gespeichert, sodass wir noch am späten Abend bei angenehmer Wärme den Tag ausklingen lassen konnten. Keiner wollte die laue Sommerluft mit der stickigen Luft seines Hotelzimmers eintauschen, zumal um den Turm herum noch reger Betrieb herrschte. Fliegende Händler versuchten, ihre Souvenirs loszuwerden, und sowohl Einheimische als auch Touristen aus aller Welt hatten sich auf der großen Wiese gleich neben dem Turm niedergelassen. Auf großen Decken wurde gepicknickt, Kinder spielten Ball, und ein italienischer Barde lief mit seiner Gitarre singend zwischen den Leuten hin und her.

Während wir auf den Marmorplatten saßen, gesellte sich eine Gruppe junger Italiener zu uns. Schnell kamen wir auf Englisch miteinander ins Gespräch. Die jungen Männer waren neugierig. Sie wollten wissen, woher wir kämen, was wir machten und wie es bei uns zu Hause aussehe. Im Laufe des Abends wurden wir immer lustiger, die Italiener erzählten uns wahre Heldengeschichten, und wir waren sicher, dass sie uns manchen Bären aufbanden.

Dann hatte meine Freundin Bärbel plötzlich eine Idee: »Wisst ihr was, wir erzählen denen jetzt, dass Elke in Deutschland eine berühmte Sängerin ist.« Gesagt, getan. Fasziniert hörten unsere neuen Freunde sich meine angebliche Erfolgsstory an. Offensichtlich glaubten sie uns jedes Wort, denn schon bald wollten sie Autogramme von mir haben. Während sie mich umringten, kritzelte ich für jeden meinen Namen so unleserlich auf ein Stück Papier, dass keiner von ihnen später entziffern könnte, wer ich in Wirklichkeit war. Ich genoss das Gefühl, berühmt zu sein, wenn auch nur für einen Abend, dort, unter dem schiefen Turm von Pisa. Die jungen Männer waren begeistert und konnten ihr Glück kaum fassen, eine bekannte Sängerin aus Deutschland getroffen zu haben. Ihre Begeisterung beflügelte uns immer mehr, und wir erzählten ihnen ausführlich von den großen Konzerten vor Tausenden von Leuten, Plat-

tenaufnahmen im Studio und zahlreichen Fernseh-
auftritten. Meine Klassenkameraden wurden immer
einfallsreicher, und meine Erfolgsstory immer fan-
tastischer. Wir hatten einen Riesenspaß, bis – ja, bis
einer der jungen Männer plötzlich eine Kostprobe
meines Gesangs hören wollte. Sofort stimmten seine
Kameraden ihm zu, und im Chor baten sie mich darum, doch für sie zu singen. Damit hatten wir nicht
gerechnet, und wir sahen uns ratlos an. Bereits bei
meinem ersten Ton würden meine Zuhörer erkennen,
dass wir sie an der Nase herumgeführt hatten, und
der ganze Schwindel wäre aufgeflogen.

Nach kurzem Schweigen ergriff mein Klassenka-
merad Bernd das Wort: »Das geht jetzt nicht, sie muss
ihre Stimme schonen. Außerdem wird es höchste Zeit,
dass wir in unser Hotel zurückgehen.« Eifrig stimmten wir ihm zu und verabschiedeten uns eilig von
meinen einzigen Fans.

Viele Jahre später wurde ich auf eigenartige Weise
an diesen Abend erinnert, denn ich erlebte aus nächs-
ter Nähe, wie es zugehen kann, wenn man tatsächlich
berühmt ist.

Ich war gerade in New York gelandet. Als ich die
Passkontrolle auf dem John-F.-Kennedy-Flughafen
durchschritten hatte, stand plötzlich ein großer Mann

mit schwarzen Haaren und braunen Augen vor mir. Ich erkannte ihn sofort, den berühmten Magier David Copperfield. Fasziniert beobachtete ich ihn. Noch nie zuvor hatte ich so hautnah jemanden gesehen, den Millionen von Menschen kannten. Doch plötzlich ging neben mir ein Gekreische los. Fünf Mädchen im Teenageralter rannten auf ihn zu und warfen sich ihm schreiend an den Hals.

Dies wiederum ließ unzählige andere Leute um uns herum aufmerken, und schnell hatte sich eine ganze Traube Menschen um David Copperfield gebildet. Bevor ich weiterging, bekam ich ihn noch einmal kurz zu Gesicht. Ich sah es ihm an: Er war müde von dem langen Flug aus Deutschland und wollte nur seine Ruhe haben. Er lächelte gequält und versuchte höflich, sich von den schreienden und um Autogramme bettelnden Fans zu entfernen. Seine Zauberkünste ließen ihn wohl in diesem Moment im Stich, denn es gelang ihm nicht, sich die lästigen Leute vom Hals zu zaubern. Schmunzelnd dachte ich an die Sommernacht in Pisa zurück und war froh, nur für einen Abend berühmt gewesen zu sein. Und ich fragte mich, ob sich der berühmte Zauberer David Copperfield in diesem Moment nicht vielleicht danach sehnte, nur ein kleiner, unbekannter Zauberer zu sein, der nicht auf Schritt und Tritt erkannt werden würde. Gerne hätte ich ihn an diesem Tag ein Stück begleitet, wäre am liebsten in seine zauberhafte Welt eingetaucht. Doch ich ließ ihn hinter mir, umringt von einem Haufen wildfremder Menschen, die sich ihm näherten, als wären sie seine besten Freunde. Als ich aus der Halle kam, wartete dort bereits ein kleines Häuflein Menschen auf mich: Mein Mann und meine drei Kinder, die es kaum abwarten konnten, mich in die Arme zu schließen. Und ich wusste: Diese vier Menschen waren meine größten Fans, die ich gegen niemanden in der Welt eintauschen wollte. Mehr Fans brauchte ich nicht.

# Mein Mann und
# seine Weggefährtin

Mein Mann hat eine ganz besondere Weggefährtin. Sie hat eine angenehme Stimme und nennt sich *Jane*. Jane begleitet meinen Mann immer dann auf seinen Reisen, wenn er mit dem Auto unterwegs ist. Ohne sie könnte er sich eine Fahrt gar nicht mehr vorstellen. Jane ist klein, schwarz und sehr gesprächig. Sie macht ihn auf jede Abzweigung aufmerksam und korrigiert ihn, wenn er falsch gefahren ist. Denn Jane ist das Navigationsgerät meines Mannes. Seit er Jane hat, sind die beiden fast unzertrennlich. Manchmal trägt er sie sogar auf Händen, im wahrsten Sinne des Wortes. Nämlich dann, wenn er zu Fuß in einer fremden Stadt unterwegs ist. Er vertraut ihr beinahe blindlings und lässt sich von ihr durch die Straßen führen, um an sein Ziel zu kommen. Egal, ob das Ziel ein Supermarkt, ein Restaurant oder eine Sehenswürdigkeit ist, Jane ist immer dabei.

Vor jeder Fahrt erhält Jane ihren Ehrenplatz ganz vorne an der Scheibe, wo mein Mann sie mit einem schwarzen Saugnapf in die Mitte klebt. Kaum hat er sie angeschaltet, begrüßt sie ihn mit den Worten: »Hallo, ich bin Jane. Ich werde dich immer an dein Ziel bringen, egal, wohin du fährst.« Anschließend füttert er sie mit der gewünschten Zieladresse. Bereits nach wenigen Augenblicken hat Jane die Route berechnet und zeigt ihm die zu erwartende Fahrzeit an. Da mein Mann keine gute Orientierung hat und sich bisweilen sogar in einer ihm bekannten Gegend verfahren kann, lässt er sich gerne von Jane führen.

Kaum ist er losgefahren, beginnt sie auch schon, mit ihm zu reden: »Biege nach 500 Metern rechts ab«, »Ordne dich rechts ein«, »Verlasse die Autobahn an der nächsten Ausfahrt« – so lange, bis er an seinem gewünschten Ziel angekommen ist.

Jane ist selbstbewusst und zweifelt nicht an ihren Fähigkeiten. Sie kennt sich auf der ganzen Welt aus und fühlt sich sogar in Amerika und China wie zu Hause. Wenn mein Mann sie falsch versteht und entgegen ihren Anweisungen in eine andere Richtung fährt, weist sie ihn freundlich, aber bestimmt zurecht: »Kehre um, sobald es dir möglich ist.« Obendrein warnt sie ihn vor Blitzanlagen an der Strecke, wobei sie allerdings auch einige übersieht, wie er schon ab und zu feststellen musste. Die Rechnung dafür kam dann später …

Auch dass Jane mit ihrer Wegbeschreibung nicht unfehlbar ist, hat mein Mann schon einige Male erfahren. So wie neulich, als er geschäftlich unterwegs war. Sein Ziel war ein Hotel in einer ihm unbekannten Stadt. Nachdem er die Adresse eingetippt hatte, sagte Jane ihm voraus: »Deine Fahrzeit beträgt drei Stunden und vierzig Minuten.«

Wie immer ließ er sich von ihr den Weg zeigen und kam gut voran. Als Jane ihm jedoch in ihrer besonnenen Art mitteilte, dass er in zehn Minuten sein Ziel erreichen würde, sah er sich erstaunt in der Umgebung um. Jane hatte ihn auf eine kleine Landstraße geleitet, auf der nur noch wenige Autos unterwegs waren. Von einer Stadt war weit und breit nichts zu sehen, nur ein paar vereinzelte Bauernhöfe lagen in der ländlichen Gegend verstreut.

Doch unbekümmert leitete Jane ihn weiter geradeaus, bis sie plötzlich sagte: »Biege an der nächsten Kreuzung nach links ab, und nach weiteren 300 Metern hast du dein gewünschtes Ziel erreicht.« Die angekündigte Kreuzung bestand aus einem schmalen Feldweg, der zu beiden Seiten der Landstraße abzweigte. Als mein Mann zögerte, wurde Jane etwas ungehalten: »Hier links abbiegen, worauf wartest du?« Zweifelnd folgte er ihrer Anweisung und holperte den Feldweg entlang. Zwei Minuten später verkündete Jane ihm fröhlich: »Herzlichen Glückwunsch, du hast dein Ziel erreicht.« Mein Mann stieg aus und sah sich um. Er befand sich mitten in einem riesigen Maisfeld. Soweit sein Auge reichte, gab es nichts als Mais. Ärgerlich drehte er sich zu Jane um und schimpfte: »Du machst wohl Witze, wo ist denn bitte schön hier ein Hotel?« Da es immer dunkler wurde, wollte er keine Zeit verlieren und stieg wieder ins Auto. Noch einmal speiste er Jane mit der Hotelinformation und fuhr los. An ein Umdrehen war nicht zu denken, und so fuhr er langsam den Feldweg weiter geradeaus. Er hoffte, dass Jane ihm schnellstmöglich eine neue Route berechnen würde. Schon bald begann sie tatsächlich, wieder mit ihm zu reden. Doch was sie sagte, ließ nichts Gutes verheißen. Sie verbrachte die nächsten Minuten damit, herauszufinden, wo sie sich befanden und wiederholte sich währenddessen ständig: »Einen Moment bitte. Einen Moment bitte.« Dann verfiel sie in Schweigen. Meinem Mann blieb nichts anderes übrig, als sich im Schritttempo auf dem steinigen Feldweg weiter vorzuarbeiten. Irgendwann ergriff Jane wieder das Wort: »Drehe um, sobald es möglich ist.« Meinem Mann war nicht nach Scherzen zumute; er fauchte sie an: »Hier kann man nirgends umdrehen, siehst du das denn nicht?« Doch Jane ließ sich nicht aus der Ruhe bringen und wiederholte höflich: »Jetzt bitte umdrehen!«

Zum ersten Mal fühlte sich mein Mann so richtig von seiner Weggefährtin verlassen. Dabei brauchte er sie doch! Auch der Straßenatlas nutzte ihm nichts, denn er hatte keine Ahnung, wo er sich eigentlich befand. Nachdem er sich zum ersten Mal ihren Anweisungen widersetzt hatte, hüllte Jane sich beleidigt in eisiges Schweigen, auch sie schien mit ihrem Latein am Ende zu sein. Als der Feldweg endlich wieder in eine Landstraße mündete, fuhr mein Mann, ohne lange zu überlegen, nach rechts und wartete darauf, dass Jane sich wieder meldete. Nach einer langen Pause sagte sie vorwurfsvoll zu ihm: »Du solltest besser auf mich hören, ich bin sehr enttäuscht.« Wäre mein Mann nicht so von ihr abhängig gewesen, hätte er sie vermutlich spätestens jetzt aus dem Fenster geworfen. Doch schon plauderte sie munter weiter, als sei nichts gewesen: »Die verbleibende Zeit bis zum Ziel beträgt noch eine Stunde und zehn Minuten.« Mein Mann freute sich nicht besonders über ihre wiedergewonnene Erkenntnis und schimpfte: »Du kommst dir wohl sehr schlau vor, was? Wehe, du führst mich wieder in die Irre!« Zähneknirschend fuhr er weiter und ärgerte sich darüber, dass er so auf Jane angewiesen war. Er beschloss, in Zukunft wieder öfter auf die Straßenkarte zu schauen, bevor er sich auf eine Reise begab. Außerdem würde er Janes Gedächtnis auf die Sprünge helfen und ihr die neueste Software verabreichen. Als er endlich kurz vor Mitternacht an dem Hotel ankam, verkündete Jane triumphierend: »Herzlichen Glückwunsch, du hast dein Ziel erreicht. Die Fahrzeit betrug fünf Stunden und zwölf Minuten.«

Ich freute mich, als mein Mann mich am nächsten Tag anrief und mir sagte: »Jane ist mir zwar wichtig, aber meine liebste Weggefährtin bist immer noch du.«

# Die schweigende Sängerin

Die Kirche in unserem Städtchen war bis zum letzten Platz besetzt, was ein äußerst seltener Anblick war. Doch an diesem Freitagabend im Mai waren die Leute von nah und fern gekommen. Die Ankündigung eines außergewöhnlichen Konzertes mit Musikern aus der Ukraine war auf reges Interesse und große Neugier gestoßen. Der Dirigent Roger und seine Frau Diane waren uns gut bekannt.

Wir freuten uns sehr, dass Roger unserer Einladung gefolgt war und auf seiner Konzertreise durch Deutschland auch unsere Stadt besuchte. Monatelang hatten wir dieses Konzert vorbereitet, hatten Gastgeber für die sechzig ukrainischen Musiker gesucht, Plakate verteilt, Programme gedruckt und ein gemeinsames Essen im Anschluss an das Konzert organisiert.

Ohne Roger hätten mein Mann und ich uns nicht kennengelernt, deshalb war es für uns eine besondere

Freude, dass wir dieses Konzert für ihn organisieren konnten. Roger und Diane waren vor Kurzem von Amerika in die Ukraine ausgewandert, um dort missionarisch tätig zu sein. Ihr Schwerpunkt lag auf geistlicher Musik; sie hatten damit begonnen, einen Chor und ein Orchester aufzubauen. Für Roger und Diane waren Konzertreisen nichts Neues, mit ihrem Chor aus Florida waren sie mehrere Male nach Deutschland gekommen. Bei einer dieser Reisen waren mein Mann und ich uns zum ersten Mal begegnet.

Doch diese Konzertreise jetzt war anders, denn die Musiker kamen statt aus dem Westen aus dem Osten, statt aus dem Land der unbegrenzten Möglichkeiten aus einem Land, in dem man schnell auf Grenzen stieß. Für die Deutschlandreise hatte Roger endlose Stunden auf Behörden verbracht, hatte für jeden einzelnen Musiker eine Ausreisegenehmigung erwirkt und hatte es schließlich geschafft, mit Chor und Orchester ausreisen zu dürfen, um in Deutschland Konzerte zu geben. Für ausnahmslos alle ukrainischen Musiker war dies ihre erste Reise ins westliche Ausland überhaupt. Sie hatten keine Vorstellung davon, in einen Supermarkt zu gehen, in dem sich die Regale unter den Massen der Waren förmlich bogen.

Sie kannten es nicht, bei Zahnschmerzen einfach zum Zahnarzt zu gehen. Und sie wussten nicht, was es bedeutete, Nächstenliebe zu zeigen, anstatt zuerst an sich zu denken. Doch sie konnten musizieren. Jeder der mitgereisten Musiker war ein Profi auf seine Art, vom Geiger über den Trompeter bis hin zum Sänger.

Und nun waren sie da. In unserer kleinen Kirche herrschte erwartungsvolle Stille, die Konzertbesucher warteten gespannt auf das, was kommen würde. Roger stand im schwarzen Frack vor seinen Musikern und hob den Taktstock zum Zeichen des Einsatzes. Das Orchester eröffnete das Konzert mit der eindrucksvollen Ouvertüre über russische Themen von Rimski-Korsakow und nahm das Publikum schon von den ersten Tönen an in seinen Bann. Anschließend betrat der Chor die Bühne und fesselte vom ersten Augenblick an die Konzertbesucher. Aufrecht und stolz standen die ukrainischen Sängerinnen und Sänger festlich in Schwarz gekleidet vor den gespannten Zuhörern. Stimmgewaltig und mit höchster Präzision begannen sie mit einem Auszug aus Händels *Messias*, dem Werk, welches die Sowjetunion siebzig Jahre lang aus ihrem Land verbannt hatte. Mit Rogers Hilfe war dieses Meisterwerk im Jahr 1992 wieder in der Ukraine aufgeführt worden.

Das Programm umfasste Werke von der Klassik bis in die Moderne. Sowohl bekannte Stücke aus dem Westen als auch für unsere Ohren ungewohnte Werke ukrainischer und russischer Komponisten wurden aufgeführt. Zum krönenden Abschluss gab es einen besonderen Ohrenschmaus, das *Laudate Dominum* von Wolfgang Amadeus Mozart. Aus der Reihe der Chorsopranistinnen trat Olga heraus, um den Solopart zu singen. Sie stellte sich vorne auf der Bühne auf. Roger hob den Taktstock, um dem Orchester den Einsatz zu geben. Die Streicher begannen, die wunderschöne Melodie zu spielen. Dann drehte Roger sich zu Olga um und gab auch ihr den Einsatz.

Doch von Olga kam kein Ton. Roger fuchtelte deutlicher mit dem Taktstock in der Annahme, Olga habe ihren Einsatz verpasst. Er trat einen Schritt zurück, damit sie ihn besser sehen konnte. Noch einmal gab er ihr einen deutlichen Wink mit dem Taktstock. Olga stand hoch erhobenen Hauptes vor dem Publikum und ignorierte Rogers Bemühungen einfach. Stolz sah sie ihm in die Augen, mit einem siegesbewussten Lächeln auf ihren Lippen. Ihren Mund machte sie aber nicht auf. Gerade als Roger abbrechen wollte, hörte man eine helle, klare Stimme aus der Reihe der Sopranistinnen im Chor. Es war Diane, die die Lage sofort erkannt hatte und nun den Solopart von Olga übernahm. Mit Bravour meisterte sie das dreiminütige Solo, um dann gemeinsam mit dem Chor das Stück zu Ende zu singen. Während dieser ganzen Zeit blieb Olga triumphierend lächelnd auf ihrem Platz vorne an der Bühne stehen. Als der tosende Applaus einsetzte, trat sie als Erstes von der Bühne ab, ohne Roger oder Diane auch nur eines Blickes zu würdigen.

Später erklärte Roger uns den Grund der schweigenden Sängerin. Olga hatte von Anfang an das Konzert boykottieren wollen, aus Protest gegen ein paar Regeln von Roger, denen sie sich nicht beugen wollte. Mit ihrem Schweigen wollte sie ihren Missmut zum Ausdruck bringen; es war ihre Art zu protestieren. Roger nahm diesen Vorfall mit Gelassenheit. Er wusste, dass es noch ein langer Weg sein würde, bis die Musiker alle erkennen würden, dass er sie nicht unterdrücken wollte. Er war vielmehr zu ihnen gekommen, um ihnen eine bisher nie gekannte Freiheit zu vermitteln. Eine Freiheit, die nicht davon abhängt, wie das Land regiert wird, sondern die Freiheit, die Jesus meinte, als er sagte:

*Wenn ihr bleiben werdet an meinem Wort, so seid ihr wahrhaftig meine Jünger und werdet die Wahrheit erken-*

*nen, und die Wahrheit wird euch frei machen* (Johannes
8,31-32).

Mit unendlich viel Geduld und Liebe arbeiten Roger
und Diane noch heute daran, dass viele Ukrainer diese Wahrheit Gottes erkennen mögen.

# Von Gartenzwerg und Wackeldackel

An ihrem 70. Geburtstag machte Hedwig beim Frühstück gemeinsam mit ihrem Mann eine kurze Be-
standsaufnahme ihres Lebens. Sie hatten vier Kinder
großgezogen, acht Katzen, drei Hunden und sieben
Meerschweinchen ein Zuhause gegeben und waren
seit zwölf Jahren stolze Großeltern. Erst vor Kurzem
hatte sich die Zahl ihrer Enkelschar wieder einmal
erhöht, augenblicklich lag sie bei elf Enkelkindern.
Nachdem sie ihre Lebensbilanz gezogen hatten, sah
Hedwig ihren Mann lächelnd an und sagte: »Weißt
du, Theo, die schönsten Jahre waren doch eigentlich die, als unsere Kinder klein waren. Damals, in
den Siebzigerjahren, ging es uns so richtig gut, auch
wenn das Geld ständig knapp war und wir oft jeden
Pfennig umdrehen mussten. Aber zum Leben hat es
gereicht, und wir waren jung und hatten viel Freude
an unseren Kindern.« Theo erinnerte sich: »Ja, und

trotz unserer Geldnot schafften wir es irgendwie, in diesen Jahren unser erstes Auto und unseren ersten Fernseher zu kaufen. Ich kann mich noch genau an den Tag erinnern, als wir den Fernseher bekamen. Von da ab konntest du es mit den Kindern immer kaum abwarten, die nächste Folge von *Unsere kleine Farm* anzuschauen. Wie viele Jahre lief die Serie eigentlich?« Hedwig lachte und sagte dann: »Also, das waren etwa neun Jahre. Die erste Folge kam, als unsere Karin zwei Jahre alt war, etwa genauso alt wie Carrie bei der Familie Ingalls in der Serie. Als die letzte Folge lief, war Karin 11 Jahre alt. Das war eine schöne Zeit! Aber wo du auch von unserem ersten Auto sprichst, was ist eigentlich aus unserem süßen kleinen Wackeldackel geworden, der doch jahrelang auf der Hutablage mitgefahren ist? Weißt du noch, er saß immer dort neben einer umhäkelten Klopapierrolle. So einen hätte ich mal wieder gerne.« Theo überlegte: »Stimmt. Vermutlich hat eines der Kinder den Wackeldackel irgendwann auseinandergenommen, keine Ahnung, was aus ihm geworden ist.«

Hedwig und Theo plauderten noch ein Weilchen über ihre Vergangenheit und ließen so manche Begebenheit Revue passieren, doch dann wurde es für Hedwig Zeit, sich auf ihre Gäste vorzubereiten. Sie hatte ihre Freundinnen zum Kaffeekränzchen eingeladen und musste noch zwei Kuchen backen. Am Nachmittag war es dann so weit, die Kuchen waren gebacken, der Kaffeetisch war gedeckt. Hedwig überprüfte noch einmal, ob sie auch an alles gedacht hatte, und zählte die Gedecke nach. Sie erwartete sieben Gäste, die meisten kannte sie bereits seit mehreren Jahrzehnten. Als alle um den Kaffeetisch herum versammelt waren, dauerte es nicht lange, und die Freundinnen schwelgten in nostalgischen Erinnerungen. Der Raum war erfüllt von Kaffeeduft, Stimmengewirr und dem Gelächter der Damen.

Während Hedwig Kaffee einschenkte, rief sie vergnügt in die Runde: »Könnt ihr euch noch an mein Kaffeegeschirr von damals erinnern, als ich meinen 30. Geburtstag feierte?« Margot, ihre beste Freundin aus der Schulzeit, sagte lachend: »Meinst du etwa dieses hässliche Porzellangeschirr mit den braunen und orangefarbenen Punkten?« Rundherum gab es lautes Gelächter, denn alle der anwesenden Damen konnten sich gut daran erinnern. »Irgendwie war damals doch fast alles orange und braun, wenn ich da nur an unsere Kacheln im Bad denke«, erinnerte sich Ingrid, Hedwigs Nachbarin. »Ach, und wie hieß denn noch mal diese kurzgelockte blonde Dame in der Fernsehwerbung, die immer ganz zufällig ihre Finger in die Schüssel mit dem Spülwasser steckte und sofort eine weichere Haut dadurch bekam? Das Spülmittel habe ich immer wegen der bunten Blumenaufkleber gekauft. Unser ganzer Kühlschrank war damit verziert!« Else, Hedwigs beste Freundin von den Turnerfrauen, schüttelte sich vor Lachen: »Da verwechselst du etwas. Die Dame mit den gelockten Haaren war doch Klementine! Die hat aber nicht ihre Finger in das Spülmittel gesteckt, sondern für blütenreine Wäsche gesorgt. Ihr Slogan war doch immer: ›Nicht nur sauber, sondern rein!‹« »Ach ja, natürlich!«, erinnerte sich Ingrid. »Und wie die immer angezogen war! Ich sehe sie noch genau vor mir: weiße Latzhose, weiße Schirmmütze und rot-weiß kariertes Hemd.« Die Damen am Kaffeetisch amüsierten sich köstlich, denn sie alle kannten Klementine und fühlten sich irgendwie mit ihr verbunden.

Immerhin hatte Klementine sie über Jahre hinweg sozusagen begleitet, denn sie hatten sich darauf verlassen können, sie während der Werbepausen im Fernsehen anzutreffen. Nun meldete sich Hedwigs Skatfreundin Monika zu Wort: »Überhaupt war die Kleidermode damals ja zum Schreien. Ich denke da gerade an die gehäkelten Bikinis, die wir anhatten!«

Ruth, langjährige Leiterin des Frauenkreises ihrer Kirchengemeinde, fügte hinzu: »Ich hatte den Kleiderschrank voller Röcke und Blusen mit buntem Blumenmuster wie die Hippies in Amerika. Könnt ihr euch noch daran erinnern, wie wir alle in Batikkleidern herumliefen? Und mein Egon fand sich besonders schick in seinen Kombiteilen, bestehend aus dunkelbrauner Schlaghose, hellbrauner Cordjacke und passend dazu einer lindgrünen Krawatte mit braunen und orangefarbenen Streifen.

Aber auch die Sachen im Militärlook fanden wir damals ganz toll. Außerdem hatte ich nie wieder so lange Haare wie damals, und Egon war ganz stolz auf seine Koteletten. Nur sein Bart wuchs nicht so, wie er es gerne gehabt hätte.« »Ach, hat er deshalb diesen Gartenzwerg mit dem wallenden Bart auf euer Blumenbeet gestellt?«, fragte Hedwig neckisch. »Sozusagen als Ausgleich in Ermangelung des eigenen Bartwuchses?« Alle Augen richteten sich fragend auf Monika, die nun leicht errötete. »Weshalb Egon auf einmal diesen Gartenzwerg mitbrachte, weiß ich auch nicht so genau. Fast alle Leute hatten doch damals Gartenzwerge in ihren Gärten herumstehen, und Egon hätte am liebsten eine ganze Kolonie aufgestellt, wenn ich ihn nicht davon abgehalten hätte. Unser Gartenzwerg steht übrigens immer noch da, nur seine rote Zipfelmütze ist längst schon ausgeblichen. Und weil wir gerade davon reden, liebe Hedwig, gebe ich dir jetzt unsere besondere Geburtstagsüberraschung. Wir alle hier haben dafür zusammengelegt.« Grinsend beugte Monika sich unter den Tisch und holte eine Schachtel hervor. Als sie diese Hedwig überreichte, fügte sie noch hinzu: »Es ist eine Sonderanfertigung und ein Unikat.« Während die anderen Damen um den Tisch herum bereits kicherten, riss Hedwig das Papier auf, öffnete die Schachtel und zog das Geschenk heraus. Sieben Augenpaare blickten auf Hedwig, ihre Freundinnen warteten allesamt gespannt auf Hedwigs Reaktion. Es dauerte ein paar Sekunden, bis Hedwig begriff, was sie da in den Händen hielt: einen Gartenzwerg, der ihrem Mann Theo verblüffend ähnlich sah. Kaum war der Groschen gefallen, fing Hedwig an, herzlich zu lachen. Die anderen Frauen stimmten in ihr Lachen ein, bis ihnen die Tränen herunterliefen. Sie konnten sich kaum beruhigen und freuten sich über die gelungene Überraschung.

Während Hedwig ihren Freundinnen Kaffee nachschenkte und nochmals Kuchen anbot, schwelgten sie weiterhin in nostalgischen Erinnerungen. Lotte, Hedwigs langjährige Sitznachbarin im Kirchenchor, gab einen wehmütigen Seufzer von sich: »Ach, die guten alten Zeiten! Die ganze Woche lang freuten wir uns schon auf die Fernsehshows am Samstagabend, das war noch echte Unterhaltung. So etwas gibt es heute gar nicht mehr.« Helga, Hedwigs Hebamme bei allen vier Geburten, stimmte ihr zu: »Ja, das waren noch richtige Straßenfeger. Unsere ganze Familie versammelte sich samstagabends vor dem Fernseher, wenn es hieß: *Auf Los geht´s los, Einer wird gewinnen* oder *Am laufenden Band*. Wir haben jedes Mal mit den Kandidaten mitgeraten und mitgefiebert.« Else fügte hinzu: »Die Shows donnerstagabends waren aber auch nicht schlecht, bei uns war regelmäßig der Fernseher eingeschaltet, wenn *Der große Preis* und *Dalli Dalli* liefen.« Monika fragte in die Runde: »Sagt mal, was hatte eigentlich der Affe bei Joachim Fuchsberger in seiner Sendung für eine Funktion?« Margot antwortete: »Ihr könnt euch doch bestimmt noch daran erinnern, dass bei Hans-Joachim Kulenkampff am Ende seiner Show *Einer wird gewinnen* immer sein Butler erschien. Das gab Fuchsberger die Idee, auch etwas Besonderes bei *Auf Los geht´s los* mit einzubauen, und so kam die Sendung auf den Affen Charly. Das Problem war nur, dass Charly seine Rolle nicht immer so spielte, wie er sollte. Weil dann auch das Affenmädchen Bärbel nicht so wirklich bei den Zuschauern ankam, wurde die Idee mit dem Affen schließlich wieder verworfen, deshalb gab es irgendwann keinen Affen mehr.« Für eine kurze Weile herrschte Schweigen um den Tisch herum. Jede der acht Freundinnen hing ihren Gedanken nach, bis Ruth wieder das Wort ergriff: »Ich weiß gar nicht, was ich ohne die *Waltons* gemacht hätte. Diese Fernsehserie hat mich all die Jahre begleitet, während unsere Kinder klein waren. Die Mutter Olivia war mir ein großes Vorbild und oft eine Hilfe. Sie hatte so ein gutes Herz und verstand es, ihre sieben Kinder mit einer gesunden Mischung aus Güte und Strenge zu erziehen. Olivia war für mich beinahe wie eine gute Freundin.«

Die Damen am Kaffeetisch nickten gerade zustimmend, als Theo seinen Kopf zur Tür hereinsteckte. Grinsend meinte er: »Na, haben die Damen Spaß miteinander? Man hört euch ja bis in den Garten hinaus lachen. Übrigens, Hedwig, gerade hat mir unser Nachbar Horst noch ein Geschenk für dich über den Zaun gereicht. Er lässt schön grüßen.« Theo überreichte Hedwig ein kleines Geschenktütchen. Hedwig freute sich: »Noch eine Überraschung, sieh dir mal an, was meine lieben Freundinnen mir geschenkt haben!« Während Theo sich den Gartenzwerg ansah, griff Hedwig in die Geschenktüte hinein. Sie fühlte einen harten Gegenstand, der aber gleichzeitig an der Oberfläche weich war. Als sie den Gegenstand herausholte, rief sie aus: »Das gibt´s doch nicht!« Wieder richteten sich alle Augen auf Hedwig. In ihrer Hand hielt sie einen kleinen braunen Wackeldackel! Gerührt streichelte sie über das samtene Fell und sagte: »So ein Zufall. Heute Morgen habe ich mir gerade so einen Wackeldackel gewünscht.« Fragend blickte sie auf Theo, doch der meinte nur achselzuckend: »Das muss Horst wohl irgendwie geahnt haben. Übrigens, der Gartenzwerg ist gut gelungen! Echt klasse! Und nun wünsche ich den Damen noch viel Spaß!« Er verabschiedete sich und zog mit einem verschmitzten Lächeln die Tür hinter sich zu.

# Flucht ins Meer

Manchmal hilft nur noch die Flucht nach vorne. Schwierig wird es jedoch, wenn man dabei den Sand unter den Füßen verliert, weil der Weg ins Meer führt. Genau so erging es meiner Freundin Evi und mir. Heute können wir herzlich darüber lachen, damals war uns allerdings nicht nach Lachen zumute.

Auf derselben Klassenfahrt nach Italien, auf der ich für kurze Zeit »berühmt« wurde, wurden meine Freundin Evi und ich auf eine eher unrühmliche Art und Weise berühmt.

Wir hatten einen faulen Tag gehabt, waren stundenlang am Strand gewesen, hatten Sandburgen gebaut, Beachvolleyball gespielt und uns in der Sonne geaalt. Eine Klassenkameradin hatten wir so fest im Sand eingegraben, dass wir Mühe hatten, sie vor der Flut wieder auszubuddeln. Der Versuch unseres Klassenlehrers, uns nebenher ein paar Vorträge über toskanische Sehenswürdigkeiten zu halten, war fehlgeschlagen, denn keiner hatte ihm länger als fünf Minuten zugehört. Am Abend stellten viele von uns überrascht einen schmerzhaften Sonnenbrand fest. Doch wir waren jung und ließen uns deswegen die gute Laune nicht verderben. Die acht Stunden in der Sonne am Strand konnten doch nicht so schädlich sein. Nach einem leckeren Abendessen bei Spaghetti carbonara und Vino Tinto war uns noch lange nicht nach Zubettgehen zumute. Unsere Klassenkameraden beschlossen, in die nahe gelegene Disco zu gehen, und unser Klassenlehrer genehmigte bis Mitternacht Ausgang. Er selbst verzog sich mit seinen beiden Kollegen in die Gartenlaube der Herberge, um dort den Abend mit Kartenspielen ausklingen zu lassen. Evi und ich wollten zwar auch noch nicht ins Bett gehen, hatten aber keine Lust auf einen Discobesuch.

Vermutlich war ich es, die die Idee hatte, noch einen Abendspaziergang am Strand zu machen. Uns beiden war klar, dass wir unseren Lehrer gar nicht erst um Erlaubnis zu fragen brauchten, da er das auf keinen Fall gestatten würde. Also beschlossen wir, uns heimlich davonzuschleichen. Die Abenteuerlust hatte uns gepackt. Noch nie hatten wir etwas hinter dem Rücken unseres Lehrers getan, und schon gar nicht etwas, was streng verboten war. Klopfenden

Herzens schlichen wir uns aus der Jugendherberge heraus. Es gab nur einen Weg von dort zum Strand, und der führte direkt durch den Garten hindurch. Die Gartenlaube stets im Visier, eilten wir geduckt an ihr vorbei. Beim Vorübergehen hörten wir, wie unsere drei Lehrer sich beim Kartenspiel ereiferten. Vom Gartentor aus rannten wir über die Straße, die Böschung hinunter durch die Dünen, und schon waren wir am Strand. Es wurde bereits dunkel, und über dem Meer stand silberhell der Mond und brachte das Wasser zum Glitzern. Wir standen einfach nur da und waren von diesem wunderschönen Anblick wie verzaubert. Die Wellen rauschten unaufhörlich, doch sonst war alles still.

Dort, wo der Strand vor wenigen Stunden noch voller Menschen gewesen war, herrschte nun eine wohltuende Ruhe. Nur vereinzelt schlenderten noch ein paar Leute am Strand entlang – ein verliebtes Pärchen, zwei alte Herren und eine Frau mit ihrem Hund. In der einbrechenden Dunkelheit sah alles plötzlich ganz anders aus. Schließlich gingen Evi und ich los. Es war wohl gerade Ebbe, denn der Sand unter unseren Füßen war noch ziemlich feucht. Nachdem wir eine Weile am Strand entlangspaziert waren, sagte Evi: »Vielleicht sollten wir langsam umkehren, ich weiß gar nicht, wie spät es ist.« Ich stimmte ihr zu, denn auch ich hatte keine Uhr mitgenommen. Gerade als wir umdrehen wollten, sahen wir in der Ferne die Silhouette eines Tieres. Zuerst konnten wir nicht ausmachen, was es war, doch dann erkannten wir im Schein des Mondlichts einen Hund. Sein Fell war schwarz und zottelig, er war riesengroß und rannte geradewegs auf uns zu! Evi und ich sahen uns Hilfe suchend nach seinem Herrchen um, doch weit und breit war niemand zu sehen. Während der Hund in rasantem Tempo immer näher kam, rief ich Evi zu: »Wenn der Köter nicht stehen bleibt, flüchten wir ins Meer!« Inzwischen hatte der Hund uns fast erreicht und machte keinerlei Anstalten, eine andere Richtung einzuschlagen.

Wir drehten uns um und traten die Flucht nach vorne an – direkt ins Meer. Wir wateten durch die Wellen, bis uns das Wasser förmlich bis zum Hals stand – Evi in Rock und Bluse, ich in kurzer Hose und T-Shirt, denn wir hatten ja nicht vorgehabt, in der Nacht baden zu gehen. Der Hund machte vor dem Wasser tatsächlich halt und schaute uns verwundert, aber schwanzwedelnd an. Während wir überlegten, was wir nun machen sollten, tauchte aus den Dünen am Strand plötzlich ein junger Italiener auf. Rufend und mit den Armen fuchtelnd kam er angerannt. Uns fiel auf, dass seine Haare genauso schwarz und zottelig waren wie die seines Hundes. Als er bei ihm angekommen war, folgte er dessen unverwandtem Blick aufs Meer und entdeckte unsere Köpfe, die aus dem Wasser herausragten. Nun schaute auch er uns verwundert an. Wir versuchten, ihm zu erklären, dass wir vor seinem Hund geflüchtet waren, weil er uns Angst gemacht hatte. Als der junge Mann begriff, dass wir deshalb mit unseren Kleidern bis zum Wasser im Hals standen, fing er lauthals an zu lachen. Er konnte sich kaum beruhigen und sagte schließlich in gebrochenem Deutsch: »Das sein Chioccolata, so süß wie Schokolade. Nix beißen, nur wollen spielen!«

Um uns zu beweisen, wie verspielt seine Chioccolata war, nahm er ein Stöckchen und warf es weit weg in den Sand. Die Hündin rannte sofort los, holte das Stöckchen und legte es ihrem Herrchen zu Füßen. Evi und ich fühlten uns ziemlich dümmlich, als wir aus den Fluten wateten und schließlich wie zwei begossene Pudel triefnass am Strand standen. Kopfschüttelnd und immer noch lachend ging der Italiener mit seiner Chioccolata weiter, während wir uns auf den Weg zu unserer Herberge machten. Die Abenteuerlust war uns gründlich vergangen, und wir hofften inbrünstig, dass wir uns ungesehen an der Gartenlaube vorbei auf unser Zimmer schleichen könnten. Die Kleider klebten an uns fest, mit jedem Schritt fühlten wir uns schwerer, und uns war kalt.

Als wir am Garten der Herberge ankamen, war in der Gartenlaube alles dunkel. Wir atmeten erleichtert auf. Schnell öffneten wir das Gartentor und gingen auf das Haus zu. Doch wir waren noch nicht weit gekommen, als wir plötzlich die Stimme unseres Lehrers vernahmen: »Na, haben die Damen ein nächtliches Bad genommen?« Erschrocken sahen wir uns um. Unter einem Olivenbaum saßen alle drei Kollegen auf einer Bank. Wir mussten wohl ein ziemlich lachhaftes Bild abgegeben haben, wie wir so auf frischer Tat ertappt nass und zitternd vor unseren Lehrern standen und mit hängenden Köpfen auf das verdiente Donnerwetter warteten.

Doch das blieb erst einmal aus. Stattdessen befahl unser Lehrer: »Ziehen Sie sich etwas Trockenes an, und dann gehen Sie schnurstracks ins Bett! Wir sprechen uns morgen!« Gehorsam beeilten wir uns, auf unser Zimmer zu kommen. Wir waren froh, als wir endlich trocken und warm in unseren Betten lagen. Schlafen konnten wir aber noch lange nicht, dafür waren wir viel zu aufgewühlt von dem soeben Erlebten. Dazu kam noch das schlechte Gewissen und das ungute Gefühl, erwischt worden zu sein. Welche Strafe würde uns wohl am nächsten Tag erwarten? Irgendwann sagte ich zu Evi: »Wäre es nicht toll gewesen, wenn sich das Meer für uns geteilt hätte, so wie damals bei Mose? Dann wären wir trockenen Fußes wieder aus dem Wasser gekommen, und niemand hätte etwas bemerkt.« Evi lachte: »Ja, das wäre wirklich hilfreich gewesen.« Da sie in der Bibel sehr bewandert war, fragte sie mich: »Hast du eigentlich gewusst, dass Gott das Wasser in der Bibel drei Mal teilt?« Überrascht erwiderte ich: »Nein, ich kenne nur die Geschichte mit Mose und den Israeliten, die auf der Flucht vor den Ägyptern vor dem Schilfmeer standen. Mose hob auf Gottes Geheiß seinen Stab hoch, worauf sich das Meer teilte und die Israeliten trocken durch das Meer gingen.« »Und bevor die Israeliten dann endlich in das verheißene Land gehen konnten, mussten sie den Jordan durchqueren, und wieder teilte Gott das Wasser«, ergänzte Evi und schlug ihre Bibel auf, die sie immer bei sich hatte. »Im Buch Josua wird berichtet:

*Als nun das Volk aus seinen Zelten auszog, um durch den Jordan zu gehen, und als die Priester die Bundeslade vor dem Volk hertrugen und an den Jordan kamen und ihre Füße vorn ins Wasser tauchten – der Jordan aber war die ganze Zeit der Ernte über alle seine Ufer getreten –, da stand das Wasser, das von oben herniederkam, aufgerichtet wie ein einziger Wall, sehr fern, bei der Stadt Adam, die zur Seite von Zaretan liegt; aber das Wasser, das zum Meer hinunterlief, zum Salzmeer, das nahm ab und floss ganz weg. So ging das Volk hindurch gegenüber von Jericho. Und die Priester, die die Lade des Bundes des Herrn trugen, standen still im Trockenen mitten im Jordan. Und ganz Israel ging auf trockenem Boden hindurch, bis das ganze Volk über den Jordan gekommen war*« (Josua 3,14-17).

Evi blätterte in der Bibel: »Und noch ein drittes Mal teilte sich das Wasser, nämlich kurz bevor Elia entrückt wurde und er mit Elisa am Jordan stand. Im Buch der Könige steht:

*Da nahm Elia seinen Mantel und wickelte ihn zusammen und schlug ins Wasser; das teilte sich nach beiden Seiten, sodass die beiden auf trockenem Boden hinübergingen*« (2. Könige 2,8).

Wir sahen ein, dass unsere Situation nicht ganz so bedeutungsvoll gewesen war wie die der Menschen, bei denen Gott tatsächlich das Wasser geteilt hatte. Noch dazu hatten wir uns diese Suppe selber eingebrockt. Und prompt war die Wahrheit ans Mondlicht gekommen.

Am nächsten Morgen wagten Evi und ich noch einmal die Flucht nach vorne und gingen gleich vor dem Frühstück auf unseren Klassenlehrer zu. Wir baten ihn um Entschuldigung für unseren nächtlichen Alleingang. Dies berührte ihn offensichtlich und stimmte ihn milde. Er hielt zwar noch eine kleine Standpauke und führte uns die Gefahren unseres Verhaltens vor Augen, doch dann entließ er uns lächelnd mit den Worten: »Wissen Sie, ich war auch einmal jung und wäre vermutlich an Ihrer Stelle sogar absichtlich baden gegangen, aber das muss ja niemand erfahren. Und nun wünsche ich guten Appetit! Wir sehen uns dann im Bus nach Florenz!«

# Omas Käfer

Wenn ich an meine Oma denke, denke ich unweigerlich auch an ihren VW-Käfer, der sie siebenunddreißig Jahre lang durch ihr Leben begleitete.

Schon bevor ich geboren wurde, kauften meine Großeltern sich ihr erstes und gleichzeitig letztes Auto: einen weißen VW-Käfer, Baujahr 1962. Oma machte daraufhin den Führerschein, und von dem Moment an wurde der Käfer im wahrsten Sinne des Wortes ihr Weggefährte. Nach dem Tod meines Opas in den Siebzigerjahren genoss Oma ihre Bewegungsfreiheit, die sie dank ihres Käfers hatte. Sie war unternehmungslustig, und man sah sie oft durch die schöne Gegend ihrer norddeutschen Heimat rollen – manchmal in Begleitung einer Bekannten, manchmal aber auch ganz alleine, einfach so. Meistens hatte sie aber ein bestimmtes Ziel und besuchte eine Freundin oder eines ihrer längst erwachsenen Kinder und deren Familien.

Oma pflegte ihren Käfer liebevoll. Stets war er sauber gewaschen; ab und zu verwöhnte sie ihn sogar mit einem besonders hochwertigen Pflegeprogramm in der Waschanlage. Sie achtete darauf, dass er immer genug Öl und Benzin hatte, nie fuhr sie auf Reserve. Nur ihr Fahrstil machte einigen zu schaffen. Jeder, der einmal mit Oma mitgefahren war, konnte noch lange danach von einer abenteuerlichen Fahrt berichten – und für manchen war die erste Fahrt gleichzeitig auch die letzte. Denn mit Oma mitzufahren erforderte eine gehörige Portion Mut und vor allem starke Nerven. Mit der Straßenverkehrsordnung nahm sie es nämlich nicht so genau, und es konnte schon mal vorkommen, dass sie bei Rot über eine Ampel fuhr oder die vorgeschriebene Höchstgeschwindigkeit beinahe verdoppelte. Sie überholte gerne andere Fahrzeuge, auch wenn diese viel schneller fahren konnten als sie selbst mit ihrem Käfer, was manchmal zu äußerst peinlichen Situationen führte – nicht für Oma, aber für diejenigen, die neben oder hinter ihr saßen.

Dann, wenn Oma stur geradeaus schauend auf der Überholspur nicht an dem anderen Auto vorbeikam, obwohl sie das Gaspedal bis zum Anschlag nach unten drückte. Vermutlich entstanden dabei diverse Kratzspuren im Armaturenbrett, denn für Omas Beifahrer waren diese Momente absolute Schrecksekunden. Man wusste nie, wann ein Auto entgegenkommen würde. Irgendwann reihte Oma sich dann gezwungenermaßen nach dem gescheiterten Überholmanöver wieder hinter dem Fahrzeug, das sie hatte überholen wollen, ein. Sie bemerkte dabei nicht, dass der Fahrer des betreffenden Autos entweder hämisch grinste oder gar seine Faust in ihre Richtung schüttelte.

Meine Oma plauderte auch gerne, während sie das Steuerrad lenkte. Dabei machte es ihr gar nichts aus, wenn ihre Fahrgäste nicht neben, sondern hinter ihr saßen – sie drehte sich während des Fahrens einfach zu ihnen um. Mehr als einmal schlug ich meiner Oma vor, stattdessen doch lieber in den Rückspiegel zu schauen. Doch sie war klein und der Rückspiegel im Auto hing ihr etwas zu hoch; somit war er für sie eher ein überflüssiges Utensil.

Das Gleiche galt für den Gurt, der ihr angeschnallt bis zum Hals ging, weshalb sie es bevorzugte, sich nicht anzuschnallen. Erstaunlicherweise hatte meine Oma – abgesehen von ein paar kleineren Auffahrunfällen und einem abgerissenen Seitenspiegel – in den nahezu vier Jahrzehnten keinen Unfall. Mehr als einmal hat wohl unser Vater im Himmel seine schützende Hand über ihr gehalten.

Als sie ihren letzten großen Umzug fort von ihrem geliebten Norddeutschland zu uns in den Schwarzwald machte, kam ihr Käfer selbstverständlich mit. Sie fuhr ihn auch dort noch einige Jahre, und sein Motor schnurrte treu und zuverlässig die Berge rauf und runter. Eines Tages jedoch rauschte Oma in einen Lastwagen hinein, der mitten in unserer Kleinstadt an einer roten Ampel angehalten hatte. Sie kam mit einem blauen Auge davon, doch wir waren froh, als sie schließlich unseren Bitten nachgab und sich schweren Herzens dazu bereit erklärte, im Alter von 89 Jahren ihren Autoschlüssel abzugeben.

Wer letztendlich wen überlebte, wissen wir nicht so genau. Oma und ihr Käfer hatten zusammen 121 Jahre auf dem Buckel, als sie ihn meinem Bruder schenkte. Er fuhr noch ein paar Jahre damit, bevor er ihn an einen Autohändler verkaufte. Dieser schickte Omas Käfer nach Afrika. Dort verlor sich seine Spur für uns, sodass wir nie erfahren haben, was noch aus ihm wurde. Wir wissen nicht, ob Omas Käfer in Afrika noch weiterfuhr oder ob er dort ausgeschlachtet wurde. Auf jeden Fall erfüllte er seinen Zweck bis ins hohe Alter.

Omas Käfer war ihr auf ihren Wegen immer treu und sie ihm auch. Sie hegte und pflegte ihn bis zum Schluss. Überhaupt war Treue eine Tugend für sie, sowohl ihren Mitmenschen als auch sich selbst gegenüber. Genauso, wie sie an ihren Grundsätzen festhielt, konnte man sich auf sie verlassen und ihr, abgesehen vom Autofahren, absolut vertrauen. Nie wäre es ihr in den Sinn gekommen, jemanden übers Ohr zu hauen oder gar zu belügen. Selbst dann, wenn andere Menschen unehrlich mit ihr umgingen, behielt sie ihre Würde und ließ sich nicht dazu herab, Gleiches mit Gleichem zu vergelten. Wurde ihr etwas anvertraut, verwahrte sie es gut.

Sie lebte uns vor, auch in schwierigen Situationen ehrlich, treu und zuverlässig zu sein. Diese uralten biblischen Tugenden haben bis heute nichts von ihrem Wert verloren, auch wenn sie oft nur noch belächelt werden. In der Bibel geht es dabei nicht nur um menschliche Treue, sondern auch um die Treue zu Gott und seinem Wort. Wer allen Widerwärtigkeiten zum Trotz an Gottes Wort festhält, bekommt eine wunderbare Belohnung in Aussicht gestellt: *Sei getreu bis an den Tod, so will ich dir die Krone des Lebens geben* (Offenbarung 2,10).

# Der vergessene Bruder

In unserer Kirchengemeinde gibt es viele junge Familien, einige davon haben zahlreiche Kinder. Eine dieser Familien hat sieben Kinder im Alter von zwei bis vierzehn Jahren. Vater und Mutter heißen Michael und Martina, ihre Kinder sind Mareike, Merle, Matthias, Marie, Martin, Maxim und der kleine Manuel. Man kann sich denken, dass diese Familie eher selten auf Reisen geht. Bereits ihre Fahrt zum sonntäglichen Gottesdienst kommt einem Kurztrip gleich. Ihr Kleinbus ist voll besetzt mit Mama, Papa und den sieben Kindern, dazu noch Wickeltasche, Proviant, Getränke, Kinderwagen und eine Tasche mit Spielsachen und Büchern, um die Kleinen bei Laune zu halten.

Michael und Martina haben ihren Tagesablauf sowohl unter der Woche als auch am Wochenende genau durchstrukturiert und versuchen, so gut wie möglich an ihrem Tagesplan festzuhalten. Sie überlassen nur wenig dem Zufall, um ihre kostbare Zeit nicht zu verschwenden. Meistens erledigt Papa Michael am Samstag den Großeinkauf für die ganze folgende Woche. Bis auf den Kleinsten haben alle Kinder ihrem Alter entsprechend Aufgaben im Haushalt. Mareike und Merle decken den Tisch, Matthias und Marie räumen die Spülmaschine ein, und die beiden kleineren Brüder Martin und Maxim räumen das saubere Geschirr und Besteck wieder in die Schränke und Schubladen. Außerdem passen alle sechs Geschwister jeweils zehn Minuten am Tag auf ihren kleinen Bruder Manuel auf. So geht bei dieser neunköpfigen Familie meistens alles seinen geregelten Gang dank der guten Organisation und liebevollen Konsequenz vonseiten der Eltern.

Letzten Sommer jedoch herrschte bei der ganzen Familie Ausnahmezustand. Die erste Urlaubsreise zu neunt stand bevor. Schon Wochen im Voraus wurden die Koffer mit großer Vorfreude aus dem Speicher geholt und später mit Begeisterung gepackt. An einem Samstag im Juli war es dann so weit. Michael steuerte den Kleinbus in Richtung Süden, nachdem sich Martina vergewissert hatte, dass auch wirklich alle Kinder im Bus saßen und angeschnallt waren. Auf der Autobahn kamen sie gut voran, doch schon bald fing Martin an zu jammern, ihm sei schlecht. Also fuhr

Michael bei der nächsten Raststätte auf den Parkplatz. Sie ließen es sich zwar nicht anmerken, aber Michael und Martina waren ziemlich nervös und wollten so schnell wie möglich mit allen sieben Kindern sicher an ihrem Urlaubsziel, einem Campingplatz in Südtirol, ankommen. Sie drängten zur Weiterfahrt. Die nächste halbe Stunde auf der Autobahn verlief ruhig, doch plötzlich piepste es laut am Armaturenbrett. Als Michael sah, dass die Öllampe aufleuchtete, schimpfte er: »So ein Mist, haben die neulich in der Werkstatt nicht nach dem Öl geschaut?!« Martina sah besorgt zu ihm hinüber: »Was meinst du, wie lange können wir noch auf Reserve fahren? Schaffen wir das noch bis zur nächsten Raststätte?« Martin antwortete gereizt: »Wir sind gerade vor fünf Minuten an einer Tankstelle vorbeigefahren, also kommt so schnell keine mehr. Wir werden es einfach riskieren und bis zur nächsten Raststätte fahren.«

Mit jedem Kilometer wuchs die Unruhe bei Michael und Martina. Die Kinder hatten von den Sorgen ihrer Eltern keine Ahnung. Manuel war inzwischen eingeschlafen, die anderen beschäftigten sich mit Büchern oder hörten Musik. Doch für Michael und Martina zogen sich die Kilometer unendlich in die Länge. Sie atmeten erleichtert auf, als sie endlich die nächste Raststätte angeschrieben sahen. Michael fuhr auf den Parkplatz der Tankstelle. Während er Öl kaufte, gab Martina dem Betteln der Kinder nach und ging mit ihnen auf den Spielplatz neben dem Parkplatz. Den schlafenden Manuel nahm sie kurzerhand in seinem Autositz mit. Nachdem Michael Öl nachgefüllt hatte, wollte er sofort weiterfahren und trommelte seine Familie zusammen. Martina kümmerte sich gerade um Marie, die sich beim Rutschen das Knie aufgeschürft hatte. Über die Schulter rief sie ihrem Mann zu: »Kümmere du dich um die Jungs, ich bringe die Mädchen mit.« Einer nach dem anderen kletterte wieder ins Auto, nur Martina lief noch schnell in den Waschraum neben der Tankstelle, um sich die Hände zu waschen.

Als sie atemlos zum Auto gerannt kam, hatte Michael bereits den Motor angelassen. Kaum waren alle Türen zu, fuhr er los. Im Radio meldete der Verkehrsbericht gerade einen kilometerlangen Stau vor München. »Auch das noch, da wird es wohl Mitternacht werden, bis wir am Zeltplatz sind«, ärgerte sich Michael. Martina seufzte und schloss die Augen. Sie überlegte gerade, ob sie vielleicht besser zu Hause geblieben wären, als sie wie vom Blitz getroffen hochfuhr. »Sind wirklich alle Kinder im Auto?« Michael schaute sie von der Seite an. »Was soll das denn nun schon wieder heißen, natürlich sind alle Kinder im Auto!« »Hast du Manuel mit seinem Sitz ins Auto gebracht?« Hastig drehte Martina sich zu den anderen Kindern um. Der Platz, an dem Manuels Autositz angeschnallt gewesen war, war leer. Ein riesiger Tumult brach im Familienbus aus. Alle riefen durcheinander. Die Kinder, die normalerweise in derselben Reihe mit Manuel saßen, hatten angenommen, dass die größeren Geschwister ihn mit nach hinten genommen hatten. Die größeren Geschwister in der hintersten Reihe hatten davon keine Ahnung gehabt und nicht auf ihren kleinen Bruder geachtet. Martina war davon ausgegangen, dass ihr Mann den Kleinen ins Auto gebracht hatte, und Michael hatte ihn in der ganzen Aufregung am Rastplatz schlichtweg völlig vergessen.

Mittlerweile waren sie mit ihrem Bus wieder auf der Autobahn. Die nächste Ausfahrt war noch lange nicht in Sicht. Während Michael wie ein Besessener aufs Gaspedal drückte, rief Martina von Panik erfüllt mit ihrem Handy die Polizei an. Diese versprach, das Anliegen an die diensthabenden Kollegen vor Ort weiterzugeben. Wie eine Ewigkeit kam es allen vor, bis sie endlich von der Autobahn abfahren konnten, um diese in die entgegengesetzte Richtung wieder zu befahren. Vierzig Minuten später erreichten sie die Raststätte, an der sie Manuel vergessen hatten. Die ganze Familie rannte zum Spielplatz, wo Martina den Autositz mit ihrem schlafenden Jungen abgestellt hatte. Doch er war nicht mehr da. In dem Augenblick, als Martina anfing, hysterisch zu werden, kamen zwei Polizeibeamte auf sie zu und fragten: »Suchen Sie einen kleinen Jungen?« Tränenüberströmt bejahte sie dies, woraufhin die Polizisten lächelnd sagten: »Wir haben ihn gefunden, kommen Sie mit.« Die Beamten führten die völlig verstörten Eltern mit ihren sechs Kindern ins Restaurant und zeigten auf einen Tisch.

Dort saß ein älteres Ehepaar. Die Frau hatte den kleinen Manuel auf ihrem Schoß, der gerade quietschvergnügt Pommes mampfte. Das Ehepaar hatte den kleinen Jungen schlafend in seinem Autositz gefunden, kurz nachdem Michael den Bus wieder auf die Autobahn gesteuert hatte. Sie hatten sich seiner angenommen und ebenfalls die Polizei verständigt. Martina lachte und weinte gleichzeitig und konnte kaum damit aufhören, ihren kleinen Jungen abzuküssen. Manuel verstand überhaupt nichts von der ganzen Aufregung. Er lächelte seiner Mutter kurz zu, wollte dann aber beim Essen nicht weiter gestört werden.

Noch lange saßen Michael, Martina und ihre Kinder mit den beiden freundlichen Findern ihres verlorenen Sohnes zusammen. Jeglicher Zeitdruck war von ihnen gewichen. War es ihnen vor Kurzem noch so wichtig erschienen, möglichst schnell an ihr Ziel zu kommen, so spielte das nun überhaupt keine Rolle mehr. Es kam ihnen sogar beinahe so vor, als hätte eine höhere Macht sie mit allen Mitteln daran gehindert. Nachdem Martina und Michael sich von ihrem Schrecken einigermaßen erholt hatten, breitete sich eine tiefe Dankbarkeit in ihnen aus; ein Gefühl, das sie schon lange nicht mehr empfunden hatten. Irgendwann war es in der Hektik des Alltags auf der Strecke geblieben. Doch das sollte sich nun ändern. Sie dankten Gott dafür, dass dieses fürsorgliche Ehepaar ihr Kind gefunden hatte und Manuel wohlbehalten wieder bei ihnen war.

Irgendwann saßen alle wieder in ihrem Bus; jegliche Anspannung war von ihnen abgefallen und einer fröhlichen, gelösten Stimmung gewichen. Sie würden ihren Bestimmungsort schon noch erreichen, wann, das war ihnen nun egal.

Der kleine Bruder wurde übrigens nie wieder vergessen!

# Wenn der Opa mit
# dem Enkelsohne

Gerd warf noch einmal einen Blick in seine Werkstatt und nickte zufrieden mit dem Kopf. Auf seiner Werkbank lagen fein säuberlich die Holzwerkzeuge aufgereiht: Säge, Hobel und Feile sowie Bohrmaschine, Schraubzwingen, Scharniere, Schrauben und Schleifpapier. Auch ein paar Holzbretter lehnten bereits an der Werkbank und warteten darauf, bearbeitet zu werden. Nun stand dem Besuch seines Enkelsohnes Julian nichts mehr im Wege. Gerd freute sich darauf, ein paar Stunden gemeinsam mit ihm in der Werkstatt zu verbringen. Sie würden heute miteinander eine Truhe bauen, so hatten sie es am Telefon besprochen.

Julian wohnte mit seinen Eltern und seiner drei Jahre jüngeren Schwester eine Autostunde entfernt – zu weit, um kurz auf einen Besuch vorbeizukommen, doch nah genug, um einmal im Monat alleine mit dem

Zug zum Großvater kommen zu können. Julian war mit seinen 14 Jahren schon recht selbstständig, und er kam gerne zu seinem Opa. Auch Gerd freute sich jedes Mal auf seinen Enkelsohn, besonders seit seine Frau vor zwei Jahren gestorben war und er oft tagelang weder ein Gesicht zu sehen bekam noch jemanden zum Reden hatte.

Nachdem Gerd die Tür zur Werkstatt zugezogen hatte, machte er sich mit seinem Auto auf den Weg zum Bahnhof, um Julian abzuholen. Mittwochs hatte Julian nur bis 12 Uhr Schule, konnte dann nach einem schnellen Mittagessen in den Zug einsteigen und kam um 14 Uhr bei seinem Opa an. Fünf Minuten vor Ankunft des Zuges bog Gerd in den Parkplatz vor dem Bahnhof ein. Sein Herz schlug vor Freude schneller, als er seinen Enkelsohn aussteigen und auf ihn zukommen sah. Auch Julian freute sich auf den Nachmittag mit seinem Opa und strahlte ihn breit grinsend an, bevor die beiden sich kurz umarmten. Gerd klopfte Julian kameradschaftlich auf die Schulter und meinte: »Mein Junge, ich glaube, du bist schon wieder ein Stück gewachsen, seit wir uns das letzte Mal gesehen haben. Nicht mehr lange, und du hast mich eingeholt!« Tatsächlich trennten Gerd und Julian an Höhe nur noch wenige Zentimeter. Julian grinste: »Tja, Opa, ich muss ja auch mit meinen Kumpels mithalten, die sind schließlich fast alle so groß wie ich, wenn nicht noch größer!« Die beiden plauderten vergnügt miteinander, während sie zu Gerd nach Hause fuhren. Noch bevor sie dort ankamen, klingelte Julians Handy. »Ja, hallo – ach Jule, nee, heute kann ich nicht, da bin ich bei meinem Opa. – Frag doch mal den Paul wegen der Mathearbeit. Und wenn alle Stricke reißen, kannst du ja bei der Arbeit immer noch deine Gehirnprothese benutzen. Nee, du, der Lukas ist doch so was von einem MOF, den würde ich nicht fragen. – Ja gut, alles klar. – Doch, das ist lollig, ich erzähl dir dann morgen, was wir zusammen gemacht haben. Bis dann!«

Schmunzelnd schaute Gerd seinen Enkelsohn von der Seite an: »Sag mal, bei dir verstehe ich ja teilweise nur Bahnhof – ist das die gebräuchliche Umgangssprache unter euch jungen Leuten?« »Ja klar, Opa, ich habe doch ganz normal geredet, was hast du denn dabei nicht verstanden?« Gerd überlegte kurz. »Na ja, da war eine Gehirnprothese, ein MOF, und irgendetwas fandest du lollig. Also da bin ich mit meinem Latein am Ende.« Jetzt war es Julian, der schmunzelte: »Ach so. Also eine Gehirnprothese ist nichts anderes als ein Spickzettel, ein MOF ist ein Mensch ohne

Freund, also ein Außenseiter. Und lollig ist etwas, das man lustig findet.«

Inzwischen waren die beiden bei Gerd zu Hause angekommen und gingen gleich in die Werkstatt. Als er die bereits vorbereiteten Werkzeuge entdeckte, rief Julian: »Hey, cool, Opa! Ist ja schon alles da, was wir brauchen, um unsere Truhe zu bauen. Fangen wir gleich an?« Die nächsten drei Stunden verbrachten die beiden mit Sägen und Hobeln, mit Bohren und Schrauben.

Während sie fleißig arbeiteten, plauderten Gerd und Julian miteinander. Sie unterhielten sich über die Truhe, die sie gerade bauten, und Gerd erkundigte sich, wie es Julian in der Schule ging. Julian freute sich über das Interesse seines Großvaters und erzählte ihm: »Also, die Frau Schulz ist so was von einem Motzkeks. Wenn man einmal keine Hausaufgaben hat, motzt sie einen gleich an. Ihr Unterricht ist so langweilig, dass wir die meiste Zeit bei ihr chillen. Unser Erdkundelehrer hingegen ist voll krass. Sein Unterricht bockt total, und wenn der seine Witze reißt, ist das echt fett. Sport ist meistens doof, unser Sportlehrer macht entweder langweiliges Geräteturnen oder uncoole Ballspiele mit uns. Der sollte uns lieber mal Slacklining machen lassen, Mann ey, das wäre krass. Aber das fällt ihm wohl im Traum nicht ein. Ansonsten läuft alles normal, doch, alles okay.«

Gerd bohrte gerade ein Loch für das Scharnier in den Truhendeckel: »Ist ja interessant, ich fürchte nur, ich habe schon wieder nicht alles verstanden. Aber sag, was macht denn dein großes Hobby, der Computer?« Julian, der den Truhendeckel für seinen Opa hielt, meinte lässig: »Och, da mache ich nicht viel Neues. Hin und wieder poste ich was auf Facebook oder ich blogge. Manchmal skype ich mit meinem Freund in Amerika. Ab und zu muss ich für die Schule etwas googeln, das geht aber schnell. Außerdem downloade ich öfter mal ein Video oder Musik.

Während ich ein Computerspiel mache, höre ich dann gleichzeitig Musik. Also eigentlich das, was ich immer mache, nichts Neues. Wenn du das nächste Mal kommst, zeige ich dir, welche neuen Computerspiele ich habe.« Während Gerd das Scharnier am Truhendeckel anschraubte, rauchte ihm der Kopf: »Posten, bloggen, skypen, googeln, downloaden – also Julian, das musst du mir übersetzen, das verstehe ich alles nicht!« »Kein Problem, Opa, ich zeige dir das alles, wenn du wieder zu uns kommst, dann verstehst du es besser, als wenn ich es dir jetzt so erkläre, einverstanden?« Julians Opa klappte den Truhendeckel zu. Jetzt fehlte nur noch das Schloss sowie eine Lackschicht auf der Truhe. Er nickte: »Ja, so machen wir das. Aber für heute müssen wir Schluss machen, denn dein Zug fährt bald ab. Jetzt machen wir uns noch ein paar Pommes im Ofen und trinken etwas, und dann bringe ich dich zum Bahnhof. Wir sind gut vorangekommen mit unserer Truhe. Wenn du nächsten Monat kommst, bringen wir das Schloss an und zu guter Letzt lackieren wir die Truhe noch. Dann kannst du sie zu Hause bei dir aufstellen und all deine Schätze reinlegen!«

Freundschaftlich klopfte Gerd seinem Enkelsohn auf die Schulter. Julian sah ihn freudestrahlend an: »Ich finde es toll, bei dir zu sein! So einen coolen Opa hat bestimmt sonst niemand in meiner Klasse! Für die meisten ist ein Besuch bei ihren Großeltern einfach nur langweilig, meistens reden die nur von früher oder über ihre Krankheiten.« Gerd wurde es ganz warm ums Herz. Er wusste, dass die Zeit, die er mit seinem Enkelsohn verbrachte, keine verlorene Zeit war. Noch einmal warf er einen kurzen Blick auf die Truhe und machte lächelnd die Tür zur Werkstatt zu.

# Einmal Venedig und zurück

*Der gerade Weg ist der kürzeste, aber es dauert meist*
*am längsten, bis man auf ihm zum Ziel gelangt.*

Die Wahrheit dieses Satzes von Georg Christoph Lichtenberg, einem Mathematiker aus dem 18. Jahrhundert, erfuhren mein Mann und ich vor vielen Jahren gleich zweimal an einem Tag. Wir waren im Urlaub in Südtirol. In dem schönen Dorf Tramin hatten wir ein Hotel mit Halbpension gebucht. Als besonderen Höhepunkt unseres Urlaubs freuten wir uns auf einen Tagesausflug nach Venedig. Früh am Morgen fuhren wir mit unserem Auto los, über die Weinstraße auf die Brenner-Autobahn nach Süden bis Verona und dann gen Osten bis nach Venedig.

Außer ein paar kurzen Stopps an den Mautstellen kamen wir gut durch und waren nach weniger als drei Stunden Fahrt vor den Toren Venedigs. Während wir im Schritttempo in Richtung Parkhaus fuhren, klopfte ein Italiener an unsere Fensterscheibe und fragte uns, ob wir mit einer Gondel fahren wollten.

»Ja natürlich«, entfuhr es meinem Mund, denn ein Besuch in Venedig ohne Gondelfahrt wäre für uns wie ein Ei ohne Eigelb gewesen. Der freundliche Italiener setzte sich kurzerhand mit in unser Auto und bot an, uns einen freien Platz im Parkhaus zu zeigen und uns anschließend zum Ablegeplatz der Gondeln zu führen. Da wir uns überhaupt nicht auskannten, nahmen wir sein Angebot gerne an. So würden wir keine Zeit mit Suchen verschwenden und könnten mithilfe des Einheimischen sicher den massenhaften Touristenstrom umgehen und ein langes Anstehen in der Warteschlange bei den Gondeln vermeiden. Unsere Rechnung schien aufzugehen, denn er führte uns geradewegs aus dem Parkhaus hinaus zu einem kleinen Hafen, an dem eine typische schwarze Gondel im Wasser schaukelte.

Erst im Nachhinein fiel uns auf, dass es die einzige Gondel dort war, sonst wären wir vielleicht gleich stutzig geworden. Der Gondoliere schien nur auf uns zu warten, und noch bevor wir richtig angekommen waren, streckte er uns die Hand entgegen, um uns auf sein Boot zu helfen. Der nette Italiener, der uns zu der Gondel geführt hatte, war plötzlich verschwunden. Alles ging ganz schnell, und ehe wir es uns versahen, saßen wir in der Gondel. Während der Gondoliere mit seinem Stock im Wasser herumstocherte, fragte mein Mann ihn: »Wie viel kostet die Fahrt eigentlich?« Der Gondoliere rückte seinen schwarzen Hut zurecht und sagte: »Nix viel kosten, speziale Preis für euch. Ihr zahlen später, jetzt ich euch direkt bringen nach Venezia.« Besonders freundlich erschien er uns nicht; vermutlich litt er unter der Hitze des Tages, denn auf seiner Stirn hatten sich bereits Schweißperlen gebildet. Wortlos stocherte er den Kahn weiter, und in flotter Fahrt näherten wir uns der Stadt.

Bald befanden wir uns in den typischen Wasserstraßen, doch von den berühmten Sehenswürdigkeiten wie der Rialtobrücke oder dem Markusplatz war nichts zu sehen. Stattdessen wurden die Wasserstraßen immer enger, bis schließlich kaum noch Platz für die Gondel war. Kaum zehn Minuten nach dem Ablegen hielt der Gondoliere seine Gondel plötzlich an. Wir sahen uns um. Weit und breit war kein Mensch zu sehen, an beiden Seiten des Kanals ragten Häuserwände in die Höhe. Eine enge, dunkle, gepflasterte Gasse war das Einzige, was zwischen den Häusern zu erkennen war. Die Häuserwände waren so hoch und die Gasse so schmal, dass kein Sonnenstrahl hindurchfiel. Michael und ich sahen uns an und vermuteten, dass der Gondoliere hier wohnte und nur etwas

111

holen wollte, denn er war inzwischen ausgestiegen. Wir blieben also sitzen und warteten darauf, dass die Fahrt gleich weiterginge. Doch wir hatten uns gründlich getäuscht. Die Miene des Mannes war genauso finster wie sein schwarzer Hut, als er uns mit einer Handbewegung anzeigte, dass er Geld haben wollte. Ungläubig blieben wir sitzen. Vielleicht hatten wir seine Gestik falsch verstanden. Doch nun wurde er deutlicher: »Jetzt pagare, zahlen. 250 Euro.« Uns sank das Herz in die Hose. Ich machte einen kläglichen Versuch, ihm zu sagen: »Die Fahrt war nur so kurz, das kann doch nicht 250 Euro kosten!«

Doch der Gondoliere schien uns plötzlich nicht mehr zu verstehen. In knurrendem Ton gab er zur Antwort: »250 Euro jetzt pagare oder ihr kriegen Problemo!« Allmählich begriffen wir, dass es gefährlich werden könnte. Der Mann ließ sich offensichtlich auf keinerlei Diskussion ein und wollte unser Geld haben. Hilfe suchend schauten wir uns um, doch außer uns war kein Mensch zu sehen. Zögernd holten wir unser Geld heraus – wir hatten beide zusammen genau 270 Euro. Ungeduldig sah der Gondoliere uns dabei zu, wie wir unser Geld zusammenlegten und 250 Euro abzählten. Als wir ihm die Scheine entgegenstreckten, riss er sie uns aus der Hand, drehte sich um und verschwand in der Dunkelheit der Gasse, die ihn zu verschlucken schien. Wir verloren ihn sofort aus den Augen. Wie vor den Kopf gestoßen saßen wir noch eine Weile in der Gondel. Noch nie im Leben waren wir so reingelegt worden, noch dazu war unser ganzes Geld für den Tag in Venedig weg. Wenn wir Glück hatten, konnten wir uns gerade noch zwei Espresso und ein Eis kaufen. Wütend über uns selbst und maßlos enttäuscht von der Menschheit machten wir uns auf den Weg durch die dunkle Gasse, um dorthin zu gelangen, wo die Sonne schien und die Touristen strömten. Mithilfe unseres Reiseführers konnten wir uns schnell orientieren und machten uns auf den langen Fußmarsch zum Markusplatz.

Unterwegs kamen wir an einer Glasmanufaktur vorbei, doch an ein schönes Andenken aus dem berühmten Muranoglas war nicht mehr zu denken. Endlich erreichten wir den sonnenüberfluteten Markusplatz. Wir beschlossen, das Beste aus diesem Tag zu machen und uns nicht weiter über das zu ärgern, was nicht mehr zu ändern war. In einem kleinen Café in einer Seitengasse gönnten wir uns ein Eis und einen Espresso. Die nächsten Stunden verbrachten wir damit, über die Rialtobrücke zu schreiten, das Teatro La Fenice sowie die eindrucksvollen Kirchen

Santa María della Salute und San Zaccaria zu besichtigen. Außerdem besahen wir uns im Vorbeigehen das Goldene Haus, den Dogenpalast und die gegenüberliegende Alte Bibliothek. Als am Abend die Sonne golden auf Venedig schien, machten wir uns auf den Rückweg zum Parkhaus. Um Geld zu sparen, verzichteten wir auf den Wasserbus und gingen stattdessen zu Fuß. Wir hatten nur noch einen Wunsch: so schnell wie möglich zu unserem Hotel zurückzukehren, wo ein warmes Abendessen auf uns warten würde. Auf der Landkarte entdeckten wir, dass es eine viel direktere Strecke als über die Autobahn zurück nach Tramin gab.

Nach kurzem Überlegen entschieden wir uns für diesen Weg. Noch vor Vicenza bogen wir in Richtung Norden ab. Zunächst schien unsere Rechnung aufzugehen, und wir kamen gut voran. Doch allmählich wurde die Straße schmaler, hohe Berge kamen in Sicht. Mit Schrecken erkannten wir, dass die Straße uns über die Berge führen würde. Es wurde immer enger, und schließlich schlichen wir im Schneckentempo die Serpentinen hinauf, die sich um den Berg wanden. Inzwischen war es dunkel geworden, und uns war klar, dass wir noch Stunden unterwegs sein würden. An ein Umkehren war auf dieser Straße nicht zu denken, an unser warmes Abendessen auch nicht mehr. So fügten wir uns unserem Schicksal, zum zweiten Mal an diesem Tag wütend über uns selbst, und krochen Meter um Meter weiter. Sechs Stunden später waren wir endlich wieder auf der Weinstraße und erreichten kurz vor Mitternacht unser Hotel. Leise schlichen wir hinein und fielen ohne Abendessen erschöpft in unsere Betten. Am nächsten Tag konnten wir über unseren abenteuerlichen Tagesausflug nach Venedig schon ein wenig lachen. Noch mehr aber, als ich nach dem Urlaub meinem Chef davon erzählte, denn er rief: »Was? Nur 250 Euro? Da haben Sie aber Glück gehabt! Meiner Frau und mir wurden letztes Jahr in Venedig 400 Euro abgeknöpft und dazu wurde noch unsere Kamera gestohlen.«

# Wer zu früh kommt

*Wer zu spät kommt, den bestraft das Leben* – dieser Satz hat längst Geschichte gemacht, und keiner weiß so genau, ob Michail Gorbatschow ihn damals bei seinem Besuch in der DDR kurz vor dem Mauerfall im Oktober 1989 tatsächlich so gesagt hat oder nicht. Auf jeden Fall ist er seitdem in die deutsche Sprache eingegangen und wird viel zitiert. Doch auch das Gegenteil kann wahr sein, wie wir eines Tages feststellen mussten.

Die Weihnachtsferien waren gerade zu Ende, und der erste Schultag im neuen Jahr stand bevor. Melissa und Samuel mussten beide mit dem Bus in die Stadt fahren, wo sie auf zwei verschiedene Schulen gingen. Auf meine unnötige Frage »Freut ihr euch schon auf die Schule?«, erhielt ich an jenem Dienstagmorgen nur ein müdes Grummeln zur Antwort. Draußen war es bitterkalt, die kälteste Nacht des Jahres lag hinter uns, und für den Tag waren Höchsttemperaturen von -15° C vorausgesagt. Ich war froh, mit unserem Baby zu Hause bleiben zu können, und hoffte, dass der Bus keine Verspätung haben würde, damit die Kinder nicht unnötig lange in der Kälte herumstehen mussten. Eine Stunde später klingelte das Telefon. Es war Melissa, die mit ihrem Handy anrief. »Ich steh gerade vor der Schulpforte. Der Hausmeister hat mir gesagt, dass heute noch gar keine Schule ist, sie fängt morgen erst an! Kannst du mich abholen?« Ich glaubte, mich verhört zu haben, und rief: »Was, wie ist das denn möglich? Ich habe doch extra im Ferienkalender nachgeschaut!« Nüchtern stellte Melissa fest: »Dann hast du dich wohl verlesen. Auf jeden Fall wäre es gut, wenn du so schnell wie möglich kommen könntest, mir ist jetzt schon eiskalt.« Ich versprach meiner Tochter, gleich loszufahren, und legte den Hörer auf. Meine Gedanken überschlugen sich. Wo war Samuel? Was würde er in dieser Eiseskälte machen? Was, wenn er hilflos in der Stadt herumirrte? Schließlich ging er erst seit ein paar Monaten dort in die Schule und hatte ansonsten keinerlei Erfahrung mit der Stadt.

Aufgeregt wählte ich die Nummer seines Handys. Kurz danach hörte ich, wie es in seinem Zimmer klingelte. Er hatte es nicht mitgenommen!

Schnell packte ich Steffi warm ein und schnallte sie im Auto an. Es erschien mir wie eine Ewigkeit, bis ich die Scheiben von dem dicken Eis freigekratzt hatte. Endlich konnte ich losfahren. Die Straßen waren an manchen Stellen spiegelglatt, und ich kam nur langsam voran. Zuerst fuhr ich zu Melissas Schule, wo ich sie im Eingangsbereich vermutete. Doch sie war nicht da. Der Hausmeister war gerade dabei, Salz auf dem Schulhof zu verstreuen. Er erzählte mir, Melissa sei vor zehn Minuten losgelaufen, um den Bus nach Hause zurück zu erwischen, weil sie nicht gewusst habe, ob ich überhaupt noch kommen würde. Ich wählte ihre Handynummer, um herauszufinden, wo sie sich befand.

Doch sie meldete sich nicht. Stattdessen erklärte mir eine fremde Stimme, dass eine Verbindung zur gewünschten Rufnummer zurzeit nicht möglich sei. Ein eisiger Wind ließ die Minustemperaturen noch tiefer fallen; inzwischen hatten wir -20° C, wie das Thermometer im Auto mir anzeigte. Wo waren meine Kinder nur? Vor meinem inneren Auge sah ich sie halb erfroren in der Stadt herumirren. Ich fuhr zur Bushaltestelle, doch von Melissa war nirgends eine Spur. Da ich keine Ahnung hatte, wie die Busse fuhren, steuerte ich als Nächstes Samuels Schule an und stellte erleichtert fest, dass sie geöffnet war. Nun würde ich meinen Sohn bestimmt gleich finden. Als ich hineinging, traf ich auf den Schulleiter, der mich verwundert begrüßte. Aufgeregt erzählte ich ihm: »Ich möchte Samuel abholen, ich habe die Kinder einen Tag zu früh in die Schule geschickt!« Der Schulleiter fand dies anscheinend sehr erheiternd, denn er brach in schallendes Gelächter aus. »Sie haben Samuel heute schon in die Schule geschickt? Das ist ja wirklich lustig. Hier ist er aber nicht, ich habe gerade erst die Schule aufgeschlossen.« Mir war nicht zum Lachen zumute, noch dazu würde Steffi bald Hunger bekommen. Ich lief zum Auto zurück, als mein Handy klingelte. Es war Samuel. »Ich bin im Rathaus, ein Mitarbeiter hat mich mit in sein Büro genommen.«

Mir fiel ein Stein vom Herzen, und ich schärfte Samuel ein, dort zu bleiben, bis ich bei ihm wäre. Das Rathaus war ganz in der Nähe der Schule, sodass ich nach fünf Minuten dort war. Mit Steffi auf dem Arm ging ich zu besagtem Büro. Samuel saß auf einem Stuhl und sah mich vorwurfsvoll an. Nachdem ich mich bei ihm entschuldigt hatte, erzählte er mir: »Wir haben uns schon im Bus gewundert, dass außer uns keine Kinder mitgefahren sind. Und als ich an die Schule kam, war die Tür verschlossen. Wann ein Bus nach Hause fahren würde, wusste ich nicht, und mir war so kalt.« Samuel zeigte auf den Sachbearbeiter im Büro: »Als ich am Rathaus vorbeikam, fragte Herr Schulte mich, ob ich Hilfe bräuchte. Ich erzählte ihm, was passiert war, und er bot mir an, mit in sein Büro zu kommen und dich anzurufen.« Nachdem ich mich bei dem freundlichen Rathausmitarbeiter bedankt hatte, gingen wir zum Auto zurück. Noch einmal fuhr ich durch die Stadt, in der Hoffnung, Melissa doch noch irgendwo aufzugabeln, aber sie war nirgends zu sehen. Schließlich fuhren wir nach Hause.

Mit bangem Herzen betete ich zu Gott, dass meine Tochter zu Hause sein möge. Der Gedanke, sie dort nicht vorzufinden, ließ mir kalte Schauer über den Rücken jagen. Vor der Haustür stand sie nicht, doch sie hatte ja einen Schlüssel und war sicher längst im Warmen. Hastig schloss ich die Tür auf und rief ihren Namen. Keine Antwort. Gerade, als ich verzweifelt überlegte, was ich denn nun machen sollte, klopfte es an der Terrassentür. Und tatsächlich, dort stand meine Tochter mit blauen Lippen und zitternd vor Kälte. Ich riss die Tür auf und nahm sie erst einmal vor Freude in den Arm. Ausgerechnet an diesem Tag hatte Melissa ihren Haustürschlüssel nicht mitgenommen, und die Nachbarn waren auch nicht zu Hause.

Nachdem ich mich auch bei ihr für meinen Irrtum entschuldigt hatte, schaute ich noch einmal auf den Ferienplan, und mir wurde klar, wie es dazu gekommen war, dass ich die Kinder einen Tag zu früh in die Schule geschickt hatte. Das Datum war von morgen, der dabeistehende Wochentag jedoch der heutige. Mir war die ganze Zeit nicht aufgefallen, dass die beiden Angaben nicht zueinander passten; ich hatte mich nur nach dem Wochentag gerichtet. Dadurch hatte ich meine Kinder eines Ferientags beraubt, ausgerechnet am kältesten Tag im ganzen Jahr. An diesem Tag verließ keiner von uns mehr das Haus. Wir setzten uns vor den Kamin, wo ein prasselndes Feuer wohlige Wärme verbreitete, und tranken heiße Schokolade.

Erst am Abend, als Samuel schon im Bett war, erzählte er mir: »Als ich heute in der Stadt nicht wusste, was ich machen sollte, hab ich gebetet, dass Jesus mir hilft. Kurz danach kam der Mann vom Rathaus und fragte mich, ob ich Hilfe bräuchte.« Gerührt nahm ich meinen Sohn in den Arm und antwortete ihm: »Das ist aber schön, dass du daran gedacht hast zu beten. Und du hast gesehen, wie Hilfe gekommen ist.« Ich freute mich, dass mein Irrtum zu etwas Gutem geführt hatte, denn mein Sohn hatte an diesem letzten Ferientag eine wichtige Erfahrung gemacht. Er durfte erleben, dass Gott uns hört, wenn wir zu ihm rufen, so wie Jesus es uns in der Bibel mehr als einmal verspricht: *Bittet, so wird euch gegeben* (Matthäus 7,7a). Oder: *Und alles, was ihr bittet im Gebet, wenn ihr glaubt, so werdet ihr's empfangen* (Matthäus 21,22).

Und vielleicht könnte daraus ein neuer Spruch entstehen: *Wer zu früh kommt, den beschenkt das Leben.*

# Der beschwipste Dalmatiner

Die meisten Dalmatiner sind weiß und haben am ganzen Körper schwarze Punkte, manche mehr, manche weniger. Nicht so bekannt ist, dass es auch Dalmatiner mit braunen Tupfen gibt, aber die allerwenigsten Leute wissen, dass es auch schon einen Dalmatiner mit roten Punkten gegeben hat. Dieser Dalmatiner ist unsere Isabella. Sie war damals noch sehr jung, etwa zwei Jahre alt. Wir lebten zu der Zeit im Nordwesten von Amerika, im Staat Oregon.

Es war im September, meine Eltern waren bei uns zu Besuch. Wir hatten mit ihnen einen Tagesausflug in die Berge gemacht und waren ziemlich erschöpft zurückgekommen. Isabella hatte mit ihren zwei Jahren etwa so viel Energie wie wir vier Erwachsenen zusammen und war ohne jegliche Ermüdungserscheinungen mit uns auf den *Mount Hood* gewandert. An jenem Abend waren wir froh, als unsere Kinder endlich im Bett lagen und wir uns noch gemütlich auf dem Sofa im Wohnzimmer zusammensetzen konnten. Der Herbst stand vor der Tür, und die Abende wurden bereits kühl. Im Kamin prasselte ein Feuer und verbreitete eine behagliche Wärme. Wir beschlossen, ein paar Runden Kniffel zu spielen. Isabella lag mit geschlossenen Augen auf dem handgeknüpften Teppich vor dem Kamin. Während mein Mann Wein einschenkte, stellte ich Knabbereien auf den Tisch. Kaum waren die Kartoffelchips in eine Schüssel gefüllt, hob Isabella ihren Kopf hoch und begann zu schnüffeln. Offensichtlich war ihr ein wohlriechender Duft in die Nase gestiegen, denn sie stand auf und lief im Eilschritt zu uns an den Couchtisch. Schnell brachten wir die Knabbersachen in Sicherheit.

Doch Isabella schien an etwas anderem interessiert zu sein, denn nach einem kurzen weiteren Schnüffeln lief sie schnurstracks auf das Weinglas meines Mannes zu. Bevor wir reagieren konnten, hatte sie ihre Zunge tief in das Glas hineingesteckt. Genauso schnell verschwand ihre Zunge auch wieder in ihrem Maul. Gespannt beobachteten wir, wie sie reagieren würde. Zunächst schien sie von dem ihr bisher unbekannten Geschmack eines trockenen Rotweins überrascht zu sein – offensichtlich angenehm überrascht, denn sie näherte sich ein zweites Mal dem Weinglas meines

Mannes. Diesmal war er aber schneller und schnappte das Glas weg, bevor ihre Zunge es erreichte. »Wenn du unbedingt willst, dann sollst du den Wein auch haben, ich kann ihn jetzt sowieso nicht mehr trinken«, sagte mein Mann etwas verärgert zu ihr, holte ihren Trinknapf und goss den restlichen Wein aus seinem Glas hinein. Den Napf stellte er mitten ins Wohnzimmer. Isabella verfolgte mit wachen Augen aufmerksam jeden Handgriff ihres Herrchens.

Neugierig ging sie zu ihrem Napf und schnüffelte daran. Zögernd begann sie daraus zu trinken, doch dann schnellte ihre Zunge unaufhörlich zwischen Napf und Maul hin und her. Zuletzt leckte sie sorgfältig ihren Napf aus, bis auch das letzte Tröpfchen Rotwein fein säuberlich weggewischt war. Als sie fertig war, schaute sie uns erwartungsvoll mit großen Augen an und hoffte anscheinend, dass wir ihr noch etwas Wein nachschenken würden. Wir blickten gespannt auf unsere Dalmatinerdame, um zu sehen, ob der Wein eine Wirkung bei ihr zeigen würde. Diese setzte schneller ein, als wir gedacht hätten. Keine zehn Minuten später begann Isabella zu torkeln. Ihre Hinterbeine schienen zu tanzen. Bei jedem Schritt nach vorne gingen sie mit tänzelnden Bewegungen zwei Schritte nach links oder zwei Schritte nach rechts.

Isabella schüttelte mehrere Male ihren Kopf, so als wolle sie ihren Rausch abschütteln. Sie war offensichtlich froh, als sie ihren Platz vor dem Kamin wieder erreicht hatte, wo sie sich dreimal um sich selbst drehte, um sich dann mit einem tiefen, grunzenden Ton auf den Teppich fallen zu lassen. Wir wollten uns gerade wieder unserem Spiel zuwenden, als uns ein erneuter Grunzton von Isabella aufblicken ließ. Es klang beinahe wie ein Seufzer, jedoch nicht klagend oder leidend, sondern wohlig und behaglich. Was sich uns nun bot, war ein einmaliges Schauspiel. Isabella rollte sich auf den Rücken, die Vorderpfoten waren angewinkelt, als würde sie betteln. In dieser Pose verharrte sie mit geschlossenen Augen, ohne auch nur mit der Wimper zu zucken.

Doch das war noch nicht alles. Ihre Mundwinkel zogen sich nach oben, bis sich ein breites Grinsen über ihrem Gesicht ausgebreitet hatte. Kurz darauf verrieten ihre regelmäßigen, tiefen Atemzüge, dass sie selig schlummerte. Wir lachten Tränen und konnten uns von diesem Anblick kaum abwenden. Das Kniffelspiel war vergessen. Kurze Zeit später bemerkte meine Mutter eine Veränderung an Isabellas Aussehen. Sie lag noch immer auf dem Rücken, sodass wir direkt auf ihren Bauch sahen. Auch dort zierten mehrere schwarze Tupfen das weiße Fell. Doch nun konnten wir förmlich dabei zusehen, wie sich zu den schwarzen Punkten rote dazugesellten. Ein kleiner roter Punkt nach dem anderen bildete sich auf ihrer Haut, die am Bauch durch das dünne Fell schimmerte. Es waren eher Pünktchen, denn sie waren kleiner als ihre schwarzen Flecken. Das Schauspiel dauerte etwa eine halbe Stunde, bis ihr Bauch zwischen den schwarzen Punkten schließlich hellrot gesprenkelt war. An diesem Abend rührte sich Isabella nicht mehr, sie schlief ihren Rausch aus. Am nächsten Tag war sie wieder ganz die Alte, nur die roten Punkte an ihrem Bauch zeugten noch ein paar Tage lang von ihrer Weinprobe. Allmählich verblassten sie und verschwanden schließlich ganz. Seit jenem Abend können wir ungestört ein Gläschen Wein trinken, denn Isabella macht bis heute einen weiten Bogen darum. Sie hat am eigenen Leib erfahren, was Salomo meinte, als er sagte: *Sieh den Wein nicht an, wie er so rot ist und im Glase so schön steht: Er geht glatt ein, aber danach beißt er wie eine Schlange und sticht wie eine Otter* (Sprüche 23,31-32).

# Eine Kaffeefahrt ist lustig

Der große Reisebus war voll besetzt und erfüllt vom Stimmengewirr der Fahrgäste. Diese hatten zwei Dinge gemeinsam: Sie freuten sich auf den vor ihnen liegenden Tag, und sie waren alle mindestens 65 Jahre alt. Die meisten von ihnen waren Frauen, doch hin und wieder saß in den Reihen auch ein bereits ergrauter Herr.

Mittendrin saß meine Oma. Sie war gern unter Leuten und plauderte angeregt mit ihrer Sitznachbarin. Als der Werbeprospekt mit der Post in ihr Haus geflattert war, hatte sie nicht lange gezögert. Was da alles versprochen wurde! Das durfte man sich nicht entgehen lassen. »Erleben Sie unsere fantastische Ausflugsfahrt ins Blaue – lassen Sie sich von dem traumhaft schönen Ziel überraschen. Verwöhnen Sie sich mit einem reichhaltigen Mittagessen in einem ausgewählten Lokal der ganz besonderen Art. Bei anschließendem Kaffee und Kuchen führen wir

Ihnen völlig neue Produkte vor. Sie werden begeistert sein! Selbstverständlich exklusiv für Sie zu absoluten Schnäppchenpreisen! Kein Kaufzwang! Jeder Teilnehmer erhält gratis: einen Kartoffelschäler, ein Schneidebrettchen und noch dazu eine hochwertige Armbanduhr. Lassen Sie sich diese einmalige Gelegenheit nicht entgehen, melden Sie sich noch heute an!« Und Oma hatte sich angemeldet. Nicht, um etwas zu kaufen, sondern nur, um einen abwechslungsreichen Tag in netter Gesellschaft zu verbringen.

Nun saß sie froh gelaunt im Bus. Der Bus rollte auf das für die Reisegäste unbekannte Ziel zu. Gegen Mittag wurde die Umgebung immer ländlicher. Schließlich bog der Bus in eine abgelegene Allee ein und fuhr dort noch etwa zehn Minuten weiter, bis er vor einem einsam gelegenen Landgasthof stehen blieb. Keinem der Fahrgäste war dieser Gasthof bekannt, er war weit abgelegen von jeglicher Zivilisation.

Der Reiseleiter führte die Ausflügler unverzüglich in das Restaurant, wo an langen Tischen bereits für das Mittagessen gedeckt war. Von reichhaltig konnte allerdings keine Rede sein – die Portionen waren sehr begrenzt, wahrscheinlich auf Senioren abgestimmt, wie meine Oma vermutete. Sie hatte kaum genug auf ihrem Teller, um sich satt zu essen. Wie die meisten anderen Gäste tröstete sie sich damit, dass es ja bald noch Kaffee und Kuchen geben würde. Kaum war der Mittagstisch abgeräumt, als sich auch schon der Reiseleiter per Mikrofon zu Wort meldete – die Verkaufsveranstaltung hatte begonnen. Was die Gäste noch nicht ahnten: Sie würden die nächsten drei Stunden in dem Lokal festsitzen – bei trockenem Streuselkuchen und einer Tasse Kaffee für jeden. Schwungvoll und laut begann der Verkäufer, seine Ware anzupreisen. Den Anfang machte ein Messerset. Eine Assistentin schnippelte pausenlos Karotten und anderes Gemüse, um zu zeigen, wie scharf die Messer waren.

Währenddessen pries der Verkäufer die Ware an: »Diese Messer erhalten Sie heute von mir zu einem einmaligen Sonderpreis von nur 49 Euro. Ja, Sie haben richtig gehört: nicht etwa 99 Euro, wie vom Hersteller empfohlen, nein, nur hier und heute gebe ich Ihnen das komplette Messerset für sage und schreibe 49 Euro. Greifen Sie zu und lassen Sie sich diese Gelegenheit nicht entgehen, sie kommt nie wieder!« Seine Assistentin hielt das Set hoch und ließ es im Scheinwerferlicht funkeln. Gleich darauf meldete sich eine Frau mit grauen Locken: »Das nehme ich. Der Preis ist wirklich unschlagbar. Man sieht ja, wie scharf die

Messer sind!« Die anderen Gäste reagierten eher verhalten, und außer der begeisterten Dame meldete sich nur noch ein Herr, der das Messerset ebenfalls käuflich erwerben wollte. Ohne Pause ging es daraufhin weiter. Der Verkäufer und seine Assistentin bauten eine Pyramide aus Cremetöpfchen auf. Gleichzeitig redete der Mann pausenlos: »Meine Damen und Herren, heute kann ich Ihnen ein unschlagbares Angebot machen. Nur heute bekommen Sie diese Pflegereihe im Set zu einem einmalig günstigen Sonderpreis angeboten. Diese Creme ist nicht irgendeine Creme, nein, sie gibt der Haut Feuchtigkeit und zieht sofort ohne zu fetten ein. Und nicht nur das, sie reduziert die Faltenbildung. Ihre Haut wird es Ihnen auf lange Sicht hin danken und Sie werden um Jahre jünger aussehen. Denken Sie doch einmal an sich! Tun Sie sich etwas Gutes!«

Während der Verkäufer seine Ware anpries, lief seine Assistentin durch die Reihen und ließ die Gäste an der Creme riechen. »Und nun kommt der absolute Knaller, nämlich der unglaublich günstige Preis für dieses hochwertige Pflegeset: Sie zahlen heute dafür nur 89 Euro! Diese Gelegenheit kommt nicht so schnell wieder, darum greifen Sie jetzt zu!« Wieder war die Reaktion der Gäste eher verhalten, bis auf die ältere Dame, die sich zuvor bereits das Messerset gekauft hatte. Sie stand auf, ging zu dem Verkaufstisch und schwärmte: »So ein tolles Angebot, das lasse ich mir nicht entgehen. Ich habe schon viel Geld für nutzlose Sachen ausgegeben, und meistens denkt man nur an die anderen. Jetzt gönne ich mir mal etwas für mich ganz alleine. Ich nehme gleich drei Pflegesets, denn die eignen sich auch hervorragend als Geschenk.« »Gut so, die Dame«, rief der Verkäufer schwungvoll und wandte sich an sein Publikum. »Nehmen Sie sich ein Beispiel an dieser klugen Dame, machen Sie es ihr nach, tun Sie sich und Ihren Lieben etwas Gutes. Und weil Sie noch etwas unentschlossen zu sein scheinen, gen. Nur für Sie und nur heute bekommen Sie das Pflegeset für sage und schreibe 75 Euro! Jetzt greifen Sie aber zu, lassen Sie es sich nicht noch länger sagen!«

Für die meisten Gäste nicht zu sehen, bildeten sich allmählich kleine Schweißperlen auf der Stirn des Verkäufers. Inzwischen schienen nun doch einige von dem Verkaufsangebot überzeugt zu sein, denn gleich mehrere Damen und sogar zwei Herren meldeten sich, um das Cremeset käuflich zu erwerben. Meine Oma hielt sich zurück, schließlich hatte sie nicht vor, bei dieser Kaffeefahrt Geld auszugeben.

Doch der Verkäufer war noch nicht fertig. Mit lauter Stimme verkündete er durch sein Mikrofon: »Meine Damen und Herren, jetzt kommt mein absoluter Verkaufsschlager, ein solches Angebot kommt nicht wieder. Sie werden staunen, was Sie gleich zu sehen bekommen!« Mit einer Handbewegung forderte er seine Assistentin dazu auf, näher zu treten. Sie hielt einen kleinen Koffer in der Hand, den sie auf den Verkaufstisch stellte. »Dieses Angebot ist nicht zu überbieten. Sehen Sie selbst!«, sprudelte es aus dem Händler hervor. Er öffnete den Koffer, ein Raunen ging durch den Saal.

Die Teilnehmer der Kaffeefahrt sahen ein Besteckset vor sich, das so glänzte und funkelte, als wäre es aus purem Gold. Der Verkäufer verschwendete keine Zeit: »Na, was habe ich Ihnen gesagt? Da staunen Sie, nicht wahr? Was Sie hier vor sich sehen, werden Sie so schnell nicht wieder finden. Sie bekommen heute von mir dieses einmalige, wunderschöne Besteckset angeboten. Es besteht aus sage und schreibe 60 Teilen für zwölf Personen. Sie erhalten ein absolut hochwertiges Besteck mit einer 24-Karat-Goldauflage. An dieser Ware werden nicht nur Sie, nein, auch Ihre Nachkommen noch lange Freude haben. In dem Set enthalten sind: zwölf Gabeln, zwölf Messer, zwölf

Esslöffel, zwölf Dessertlöffel sowie zwölf Kuchenga-
beln. Außerdem befindet sich das Besteckset in diesem hochwertigen Koffer, der selbstverständlich im
Preis inbegriffen ist. Denken Sie nur einmal an die
überraschten Gesichter Ihrer Gäste, wenn Sie mit
diesem wunderschönen Besteck aufwarten. Darum
greifen Sie jetzt zu, lassen Sie sich dieses einmalige
Sonderangebot nicht entgehen. Nur hier und heute,
sonst ist es zu spät! Der Preis wird Sie genauso überraschen wie das Besteck selbst. Halten Sie sich fest,
denn ich gebe Ihnen das 60-teilige Besteckset inklusi-
ve hochwertigem Besteckkoffer zu einem nie vorher
da gewesenen Sonderpreis! Nicht für 5 000 Euro, auch
nicht für 4 000 Euro, nein, Sie zahlen den einmaligen
Freundschaftspreis von nur 2 999 Euro, und dieses
fantastische Goldbesteck gehört Ihnen! Denken Sie
an sich, machen Sie sich diese Freude, gönnen Sie sich
diesen Luxus! Und selbstverständlich können Sie in
bequemen Raten zahlen. Sie werden es nicht bereuen!
Melden Sie sich jetzt einfach, wir kommen zu Ihnen
an den Tisch und regeln alles Weitere für Sie.«

Bevor meine Oma wusste, wie ihr geschah, schnellte ihre Hand in die Höhe, und sie hatte die Bestellung
samt eines Überweisungsformulars unterschrieben,
um eine Anzahlung in Höhe von 1 000 Euro zu leisten.

Bereits auf der Heimfahrt plagten sie aber Zweifel. Sie brauchte doch gar kein neues Besteck. Ihr schlechtes Gewissen beruhigte sie mit dem Gedanken, dass sie sich auch einmal etwas Schönes gönnen dürfe. Außerdem könne sie dieses Besteck eines Tages an ihre Enkeltochter vererben. Genau das tat sie viele Jahre später, und bis heute glänzt das Besteck bei festlichen Anlässen auf der Tafel meiner Cousine.

# Ski Unheil

Meistens kommt man einen Berg langsamer hinauf als hinunter, aber eben nur meistens. Das Gegenteil erlebten mein Mann Michael und ich beim Skifahren. Wir waren im Zillertal in Österreich bequem mit der Gondel nach oben geschwebt und hatten bis zum Nachmittag das hoch oben gelegene Gletschergebiet mit seinen abwechslungsreichen Skipisten befahren. Zum Abschluss des Tages wollten wir die Talabfahrt wagen.

Zuvor genossen wir noch einmal den traumhaft schönen Panoramablick auf die tief verschneiten Berge um uns herum. Dann mussten wir uns nur noch für einen Schwierigkeitsgrad der Pisten ins Tal entscheiden. Dazu gab es drei Farbvarianten: blau, rot und schwarz. Blau für leicht, rot für mittelschwer und schwarz für anspruchsvoll mit viel Erfahrung. In unserem jugendlichen Leichtsinn wählten wir die schwarze Variante. Sie sah auf der Karte gar nicht so schwer aus, und so fuhren wir ohne Zweifel an unseren Fähigkeiten los. Immerhin standen wir seit dem Morgen auf den Skiern und hatten alle bisherigen Abfahrten ohne Probleme gemeistert. Dass nur noch wenige Skifahrer in Richtung der schwarzen Piste unterwegs waren und diese weitaus besser fahren konnten als wir, fiel uns nicht weiter auf. Energisch fuhr ich voraus, Michael folgte mir. Er fuhr etwas langsamer, denn er hatte inzwischen leichte Knieschmerzen. Auf halber Höhe hielt ich an, um auf ihn zu warten, als wie aus dem Nichts plötzlich ein junger Skifahrer angebraust kam. Er kam direkt auf mich zu und bremste erst ab, als er kurz vor mir war. Dabei verhakten sich die Spitzen seiner Skier, sodass er hinfiel und direkt vor meinen Füßen lag.

Während er sich wieder aufrappelte, sah ich auf ihn hinunter und sagte amüsiert: »Das ist doch nicht nötig, dass Sie vor mir auf die Knie fallen!« Der junge Mann fand das anscheinend nicht sehr witzig, denn er brummte mit rotem Kopf: »Das hatte ich auch nicht vor!«, und beeilte sich, weiterzukommen. Ich ahnte zu diesem Zeitpunkt nicht, dass mir das Scherzen schon bald vergehen sollte. Mittlerweile war auch mein Mann angekommen. Wir vereinbarten, uns unten an der Talstation zu treffen, und rutschten los, noch immer nichts Böses ahnend. Während ich vorausfuhr, überlegte ich, warum diese Abfahrt wohl schwarz gekennzeichnet war. Der Schwierigkeitsgrad schien mir eher zwischen blau und rot zu liegen. Doch kurz darauf erreichte ich einen großen Felsen. Die Piste, die bisher breit und übersichtlich gewesen war, wurde plötzlich sehr schmal. Fast konnte man meinen, sie höre hinter dem Felsen ganz auf. Vorsichtig folgte ich der engen Spur, die sich um den großen Felsen wand. Und dann offenbarte sich die schwarze Piste in ihrer gesamten Schwärze: Vor mir fiel der Berg beinahe senkrecht ab, der Hang war nicht viel breiter als die Länge der Skier. Rechts der Abfahrt war kein Berg mehr zu sehen, der bloße Abgrund tat sich auf. Außer einem rot-weiß gestreiften Band gab es keine Abgrenzung. Links der Piste sah es nicht viel besser aus, dort erhob sich der blanke Fels wie eine Wand.

Vor Schreck blieb mir beinahe das Herz stehen, dann fing mein Puls an zu rasen. Michael stand inzwischen neben mir und blickte fassungslos auf das vor uns liegende Gefälle. »Wie sollen wir da jemals runterkommen?«, fragte ich ihn verzagt. In dem Augenblick kamen zwei Skifahrer um die Kurve. Ohne zu zögern, wedelten sie an uns vorbei und weiter im Parallelschwung die schmale Piste hinunter, sodass der Schnee hinter ihnen nur so stob. In trockenem Ton meinte mein Mann: »So kommen wir da runter.« Hilfe suchend schaute ich mich um, doch weit und breit war niemand mehr zu sehen. Während Michael die Piste in Augenschein nahm und alle möglichen Szenarien gedanklich überschlug, überlegte ich ernsthaft, die Skier abzuschnallen und diese rabenschwarze Abfahrt sitzend hinter mich zu bringen. Doch es half alles nichts. Die Sonne stand schon beängstigend nahe am Horizont und tauchte die Bergspitzen in ihr goldenes Licht. Das Tal selbst und die Piste lagen bereits im Schatten.

Wir hatten keine andere Wahl, als so schnell wie möglich die Abfahrt in Angriff zu nehmen, denn am Berg übernachten wollten wir auf keinen Fall. Bevor wir losfuhren, baten wir Gott um seine Hilfe und Bewahrung. Dann machten wir uns auf den Weg nach unten. Die steilste Stelle rutschten wir im Pflug hinunter, der Skitechnik, die jedes Kind zu Beginn der Skischule lernt. Meter um Meter arbeiteten wir uns vorwärts, und schon bald waren wir schweißgebadet. Ein Ausrutscher oder das Verhaken der Skispitzen hätte fatale Folgen haben können.

Als weiter unten die Piste endlich breiter wurde, wagte ich mich wieder an den Parallelschwung und war heilfroh, als ich endlich unten angekommen war. Von dort suchte ich mit den Augen die Strecke ab, um zu sehen, wo Michael geblieben war. Das Bild, das sich mir am Hang bot, war einmalig. Mein Mann war gerade dabei, vom Pflug auf den Parallelschwung zu wechseln, als sich oberhalb von ihm eine Person in rasantem Tempo näherte. Der knallig pinke Skianzug ließ mich auf eine Frau schließen.

Sie kam im Sitzen angerutscht, die Skier waren noch an ihren Schuhen angeschnallt. Sie hatte keine Kontrolle über ihre Fahrtrichtung und rutschte genau in meinen Mann hinein. Durch den Aufprall fiel auch er hin, und dann begann ein lustiges Schauspiel. Die beiden verhakten sich mit ihren Skiern so ineinander, dass sie gemeinsam auf dem Rücken weiterrutschten. Da das letzte Stück des Abhangs wieder steiler war, nahmen die beiden rasch an Rutschgeschwindigkeit zu und hatten keine Möglichkeit zu stoppen. Sie begannen, sich zu drehen; einmal war mein Mann oben, einmal die Frau.

Plötzlich löste sich ein Ski bei der Dame, und Michael bekam ihn gerade noch zu fassen, bevor er dort am Hang zurückgeblieben wäre. Ich konnte nichts anderes tun als zuschauen, wie die beiden mir als lebendiger Kreisel entgegenrutschten. Hoffentlich würden sie diese Rutschpartie unverletzt überstehen! Plötzlich kam mir die Zusage Gottes in den Sinn, die er einst Josua gegeben hatte: *Ich will dich nicht verlassen noch von dir weichen* (Josua 1,5). Gott war dabei, das gab mir Hoffnung und Mut. Nach ein paar Minuten, die mir wie eine Ewigkeit vorgekommen waren, kamen die beiden immer noch miteinander verheddert unten an. Ihnen war schwindlig, und mein Mann hatte sich sein Knie verstaucht. Aber sonst ging es den beiden gut. Ernüchtert waren wir uns alle drei einig, dass wir von nun an die Farben rot und blau bevorzugen würden. Nachdem wir uns von dem Schreck ein wenig erholt hatten, entschuldigte sich die Dame in Pink dafür, dass sie meinem Mann unbeabsichtigt zu nahe gekommen war. Das konnte ich ihr leicht verzeihen, und lachend verabschiedeten wir uns voneinander, froh über das glimpfliche Ende dieser unheilvollen Abfahrt.

# Es war einmal und ist nicht mehr

Wenn ich nicht genau wüsste, dass diese Geschichte wahr ist, würde ich sie mit »Es war einmal« beginnen, so märchenhaft und beinahe unglaublich mutet sie uns heute an. Doch ich habe die Geschehnisse drei Jahre lang selbst erlebt, und das eigentlich vor noch gar nicht allzu langer Zeit. Damals machte ich an einer renommierten privaten Sprachschule eine Ausbildung zur Fremdsprachenkorrespondentin.

Mit dem Durchschreiten der Schulpforten betrat man eine andere Welt. Eine Welt, in der es eigene Werte und Regeln gab, und wo an Traditionen festgehalten wurde, die man sonst nur noch aus Geschichtsbüchern kannte. Die Schülerschaft bestand aus mehreren Hundert jungen Damen und zwei jungen Herren. Bei den Lehrern war es ähnlich, denn die zahlreichen Lehrerinnen hatten genau zwei männliche Kollegen.

Vom ersten Tag an wurde uns klargemacht: Die Schulleiterin ist zwar selten sichtbar, aber sie hält das Zepter fest in der Hand! Bald merkten wir, dass diese Frau eine ganz besondere Persönlichkeit sein musste. Doch wer sie war und wie sie aussah, blieb uns zunächst ein großes Rätsel, denn man sah sie nie in der Schule, und es gab auch kein Direktorenzimmer. Wenn sie den Schülern etwas mitteilen wollte, ließ sie selbst verfasste Briefe am Schwarzen Brett aufhängen. Es dauerte noch eine ganze Weile, bis wir Neuankömmlinge einen besseren Einblick in das beinahe sagenumwobene Leben unserer Schulleiterin erhielten. Dies geschah nur einmal im Jahr, und zwar zum Schuljahresende während der mündlichen Prüfungen. Diese fanden nicht wie normalerweise üblich in den Klassensälen der Schule statt, sondern in kleinen Gruppen von jeweils sechs bis acht Schülern bei der Schulleiterin zu Hause im Wohnzimmer.

Und wer sie bis dahin noch nicht zu Gesicht bekommen hatte, staunte nicht schlecht. Im Sessel saß eine uralte Frau im Alter von 87 Jahren. Ihre schneeweißen langen Haare waren zu einem Dutt zusammengesteckt. Mit ihren braunen hellwachen Augen sah sie jeden Einzelnen von uns ganz genau an, ähnlich einem Adler, der nach seiner Beute ausspäht. Wer bis dahin angesichts der bevorstehenden mündlichen Prüfung noch nicht nervös war, wurde es spätestens jetzt.

Doch die alte Frau war milde und begrüßte uns freundlich. Sie erstaunte uns, als sie jeden von uns mit Namen ansprach und sogar private Informationen über uns hatte. Außerdem war sie bestens informiert über die schulischen Leistungen ihrer Schülerinnen und Schüler. Neben ihrem Sessel stand ein Vogelkäfig, in dem ein blauer Wellensittich saß. Unsere Schulleiterin stellte ihn uns als Hansi vor. Während Hansi seine Liedchen zwitscherte, begann die Prüfung. Wir standen aufgereiht vor der alten Dame, die unser Wissen prüfte und uns nacheinander Fragen stellte. Wäre die Lage für uns nicht so ernst gewesen, hätten wir uns vor Lachen kaum halten können, so grotesk erschien uns die Situation. Wir fühlten uns um 100 Jahre zurückversetzt und kamen uns vor wie in einem alten Film. Doch wir befanden uns in der Realität, und das alle Jahre wieder, bis wir schließlich unser Abschlusszeugnis in der Tasche hatten.

Von ihrem Wohnzimmer aus regierte sie ihr Schulreich. Als Thron diente ihr Sessel, in dem sie sich von den Geschehnissen in der Schule berichten ließ. Ihre engste Vertraute, die gleichzeitig ihre Stellvertreterin war, erstattete ihr jahrein, jahraus täglich Bericht und beriet sich mit ihr. Dabei wurden die Grenzen des Schulreiches großzügig ausgeweitet bis hinein ins Privatleben der Studierenden.

Viele der Schülerinnen hatten ein Zimmer oder eine kleine Wohnung gemietet, da sie von weit her kamen. Für sie galten auch privat strenge Regeln, die von der Schulleitung überwacht wurden. Männerbesuche auf den Zimmern waren strikt untersagt. Spätestens bis 22 Uhr mussten die Mädchen abends zu Hause sein. Ob diese Regeln eingehalten wurden, wurde ab und zu auf höchst eindrückliche Art und Weise kontrolliert. War eine Schülerin abends nicht pünktlich zu Hause, konnte es vorkommen, dass sich eine der Lehrerinnen in das Zimmer setzte und so lange wartete, bis die Schülerin heimkam. Dass ein unangenehmes Nachspiel folgte, kann man sich denken.

Wie in den guten alten Zeiten lernten wir Stenografieren und Schreibmaschine schreiben. Das Fach Maschinenschreiben fand in einem Klassensaal statt, in dem für jeden Schüler eine alte mechanische Schreibmaschine bereitstand. Wer zu Hause nicht genug geübt hatte und beim Tippen auf die Buchstabentasten sah, musste an einer Schreibmaschine

tippen, auf der die Tasten leer waren. Ein ohrenbe-
täubender Lärm erfüllte den Klassensaal, wenn wir
alle gleichzeitig in die Tasten hauten.

An eine Begebenheit in diesem Klassenzimmer
denke ich noch heute mit Schrecken.

Wir bekamen einen Text neben die Schreibmaschine
gelegt, den wir so weit wie möglich in seiner ganzen
Länge abtippen sollten. Unsere Lehrerin stand vorne
am Pult mit der Stoppuhr in der Hand. Wir hatten
zwanzig Minuten Zeit. Auf ihr Kommando tippten
wir los. Unsere Köpfe flogen zwischen Text und Tastatur hin und her, unsere Finger schnellten über die Tasten. Es ging um viel, denn diese Arbeit wurde benotet
und war Teil der Abschlussprüfung. Jeder Tippfehler
würde die Note verschlechtern, ebenso fehlende Text-
teile, die man in der vorgegebenen Zeit nicht schaffte.

Ich hackte wie verrückt auf die Tasten ein und hörte
erst wieder auf, als ich den Punkt des letzten Satzes
gesetzt hatte. Mit einem Seufzer der Erleichterung
lehnte ich mich zurück und schaute mich um. Mir
fiel auf, dass rings um mich herum noch eifrig getippt
wurde, und erfreut stellte ich fest, dass außer mir noch
niemand fertig war. Ich war die Erste und damit die
Schnellste von allen! Selbstbewusst lächelnd zog ich
den Papierbogen aus der Schreibmaschine und warf

dabei noch einen letzten Blick auf den Originaltext. Dann sah ich es: Ich hatte beim Abtippen einen ganzen Absatz übersprungen, hatte ihn in der Eile völlig übersehen. Hastig spannte ich das Blatt Papier wieder in die Schreibmaschine ein, doch in der Hektik kam es oben schief heraus. Während ich noch daran herumfingerte, ertönte laut die Stimme der Lehrerin: »Stopp!« Meine gerade noch in greifbarer Nähe scheinende Bestnote rückte damit in unerreichbare Ferne. Anstatt unter den Ersten zu sein, würde ich nun bestenfalls noch in den mittleren Reihen mit dabei sein. Mein Siegesgefühl verpuffte wie ein Wölkchen am Himmel. Dieses sinkende Gefühl haftete noch lange an mir.

Zum Abschluss jedes Schuljahres mussten wir zu Hause ein ganzes Buch abtippen – fehlerfrei. Korrekturen waren nicht erlaubt. Vertippte man sich, musste die ganze Seite erneut getippt werden. Elektrische Schreibmaschinen oder gar Computer wurden nur zögerlich eingeführt, doch immerhin hatten wir in meinem dritten und letzten Schuljahr dann drei Computer für die ganze Schule.

Nach bestandener Prüfung überreichte unsere Schulleiterin uns die Abschlusszeugnisse während einer feierlichen Zeremonie höchstpersönlich. Eine ganz besondere Freude war es für sie, wenn ihre Zöglinge die schuleigene Hymne sangen, die das Jahr über mit den Lehrern eingeübt worden war. Auf die Melodie vom *Herbst* aus den *Vier Jahreszeiten* von Vivaldi sangen wir diesen Text:

1. *Eine Brücke wird gespannt über diese weite Erde: Jede Sprache wird gebannt, bis das große Ziel erkannt, dass uns doch Verständnis werde!*

2. *Schranken bricht ein jedes Wort, das geformt von unserm Munde, und trägt über Grenzen fort bis zum allerfernsten Ort unserer Gemeinschaft Kunde.*

3. *Sorgfalt, Ordnungsliebe, Fleiß sollen uns auf allen Wegen führen. Doch der Arbeit Preis sei in unserm frohen Kreis treuer Freundschaft hoher Segen.*

*Refrain: Ponctualité – Bonté – Fidélité: So wollen wir fröhlich singen, so soll uns das Werk gelingen zur Zukunft, zur Zukunft der Erde.*[1]

Wer nach drei Jahren die Schule verließ, um die Berufswelt zu betreten, war gut vorbereitet.

Wir hatten viel gelernt, unter anderem auch Respekt vor der alten Dame, die noch während meines letzten Schuljahres ihren 90. Geburtstag feierte. Bis dahin hatte sie Tausende von Mädchen ausgebildet, hatte mehrere Generationen auf dem Weg in ihr Berufsleben begleitet, war ihnen mit Rat und Tat zur Seite gestanden. Sie war eine strenge Lehrmeisterin gewesen, doch dabei stets ehrlich und gerecht. Dafür zollten ihr sowohl Lehrer als auch Schüler großen Respekt.

Es war eine harte Schule, doch sie war geprägt von der Menschlichkeit unserer Schulleiterin und ihrem unerschütterlichen Glauben an Gott. Mit Herz und Seele war diese großartige alte Dame für ihre jungen Anbefohlenen da. Nie stellte sie unter den Scheffel, worauf sie ihr Lebenswerk gebaut hatte. Bis zu ihrem Lebensende hielt sie an ihrer Überzeugung fest:

*Nichts können wir in die Erde säen, was sie uns nicht vorher geschenkt hätte. Kein Fünkchen Liebe wird zu Gott aufsteigen, das er nicht vorher in unser Herz gelegt hat. An uns aber liegt es, den Samen zu pflegen, das Fünkchen zu nähren. Von uns hängt es ab, ob die Pflanze gedeiht, die Flamme erstarkt, oder ob beide verkümmern oder erlöschen.*[2]

Auch wenn diese Geschichte nicht mit »Es war ein-mal« beginnt, so hört sie mit »Es war einmal und ist nicht mehr« auf. Die Schule schloss im Jahr 2013 für immer ihre Pforten. Das Ende musste unsere Schullei-terin nicht mehr miterleben, denn sie schloss 1994 im gesegneten Alter von 94 Jahren für immer ihre Augen.

# Der Fuß in der Suppe

Endlich waren sie angekommen. Matthias, Karin und ihre beiden kleinen Söhne Philipp und Adrian standen vor dem weiß getünchten einstöckigen Haus mit Veranda, das für die nächsten drei Jahre ihr Zuhause sein würde. An die dünnere Luft würden sie sich erst gewöhnen müssen hier in Quito auf 2800 Meter Höhe, am Rande der Hauptstadt von Ecuador.

Monatelang hatten Matthias und Karin sich auf ihr neues Leben in Südamerika vorbereitet. Nach seiner Ausbildung zum Missionar hatte Matthias gemeinsam mit Karin einen Spanischkurs belegt, um möglichst schnell mit den Menschen vor Ort in Kontakt zu kommen. Außerdem hatten sie sich intensiv über Land und Leute informiert und viele Gespräche mit heimgekehrten Missionaren geführt, die selbst jahrelang in Ecuador gelebt hatten.

Neugierig und gespannt gingen sie nun die Treppe zur Veranda hinauf, als plötzlich die Tür aufging und eine kleine rundliche Frau mittleren Alters heraustrat. Sie breitete ihre Arme aus und rief der kleinen Familie zu: »*Bienvenido* – willkommen in Ecuador! Ich sein Estella!«

Estella war seit über zwanzig Jahren von der Missionsgesellschaft angestellt und freute sich, dadurch ein sicheres Einkommen zu haben. Sie hatte schon viele deutsche Familien betreut und mittlerweile auch recht gut Deutsch gelernt.

Anfangs konnten Matthias und Karin sich nicht vorstellen, dass jemand für sie den Haushalt besorgen sollte, doch Estella wurde ihnen während ihrer Zeit in Ecuador zu einer treuen und zuverlässigen Weggefährtin. Estella war fleißig und liebte Kinder. Noch am Tag ihrer Ankunft machte Estella der Familie klar, wie sie von nun an heißen würden: Matthias wurde zu Mateo, Karin zu Karina, Philipp zu Felipe und Adrian zu Adriano umbenannt. Zu dem Zeitpunkt ahnten sie noch nicht, dass Estella sie bereits an demselben Abend mit einem landesüblichen Brauch bekannt machen würde.

Müde und hungrig nach der langen Reise waren die vier Neuankömmlinge froh und dankbar, als Estella sie zum Abendessen rief. Auf dem festlich gedeckten Tisch stand bereits eine große Schüssel dampfender

Hühnersuppe, die einen köstlichen Duft verbreitete und jedem das Wasser im Mund zusammenlaufen ließ. Matthias, Karin, Philipp und Adrian falteten die Hände und sprachen wie immer vor dem Essen ein Dankgebet. Anschließend schöpfte Estella großzügig die Suppenteller voll. Besonders der sechsjährige Adrian freute sich auf das Essen, denn Hühnersuppe war sein Lieblingsgericht. Doch während seine Eltern und sein vierjähriger Bruder genüsslich die heiße Suppe schlürften, hielt Adrian nach seinem ersten Löffel plötzlich inne. Mit großen Augen starrte er auf seinen Teller. Karin bemerkte es zuerst und fragte ihn neckisch: »Na, hast du ein Haar in der Suppe gefunden?«

Doch Adrian war offensichtlich nicht nach Scherzen zumute. Er rief aus: »Nein, viel schlimmer – da ist ein Fuß in meiner Suppe!« Abrupt hörten auch die anderen auf zu essen und schauten neugierig auf Adrians Teller. Noch bevor Matthias etwas erkennen konnte, versuchte er, seinen Sohn zu beruhigen. »Das ist vermutlich ein Hahnenkraut, ein Kraut, das hierzulande vielleicht als Suppengewürz benutzt wird. So ein Kraut hat Ähnlichkeit mit einem Hühnerfuß, deshalb heißt es auch so.« Doch Matthias musste bei näherem Hinsehen schnell erkennen, dass sein Erklärungsversuch fehlgeschlagen war, denn in Adrians Suppe schwamm eindeutig ein echter Hühnerfuß; drei Zehen ragten nach oben, während die vierte Zehe nach unten getaucht war. »Das ist tatsächlich eine Hühnerkralle, und vermutlich schwimmen noch mehr davon in der Suppe!« Kaum hatte Matthias dies gesagt, schrien Adrian und Philipp wie aus einem Mund: »Iiih, wie eklig!«, und ließen ihre Löffel fallen. Auch Karin und Matthias legten ihre Löffel weg, weil ihnen der Appetit vergangen war. Gerade da kam Estella aus der Küche. »Was ist los, die Suppe euch nicht schmecken?«, fragte sie erstaunt, als sie sah, dass niemand mehr aß. Adrian zeigte auf den Hühnerfuß, der in seiner Suppe lag: »Irgendwie ist aus Versehen ein Hühnerfuß in die Suppe gefallen und ausgerechnet auf meinem Teller gelandet. Warum muss immer ich so ein Pech haben?«, schimpfte er. Alle schauten gespannt auf Estella in der Erwartung, dass sie die Suppe schnell abtragen oder sich entschuldigen würde.

Doch nichts davon geschah. Nun war es Estella, die ungläubig von einem zum anderen schaute. »Aber nein, das kein Pech sein für Adriano. Das sein großes Glück! In Suppe geben es nur ein Hühnerfuß, und wer Fuß in Suppe findet, es gut haben wird in Ecuador.

Das sein großes Glück für Adriano! Aber du musst essen Fuß, das sein besonders gute Suppe als großes Willkommen von Estella.« Angeekelt schaute Adrian Hilfe suchend zu seinen Eltern. Da ergriff Matthias das Wort. Freundlich lächelnd sagte er zu Estella: »Du hast eine wirklich gute Suppe für uns gekocht, und wir freuen uns alle sehr, dass du uns so freundlich willkommen heißt. Wir wollen dich nicht verletzen, aber wir werden keine Hühnerfüße als Glücksbringer essen. Kein noch so schöner und gut gekochter Hühnerfuß wird unserem Glück auch nur ein Quäntchen hinzufügen.« Strahlend blickte er Estella in die Augen: »Du bist ein Glück für uns! Und dass wir in deinem schönen Land sind und die Menschen hier ein Stück auf ihrem Weg begleiten dürfen, das ist auch ein großes Glück für uns. Das größte Glück dabei ist, dass wir nie alleine sind. Denn das hat Jesus uns versprochen: *Ich bin bei euch alle Tage bis an der Welt Ende* (Matthäus 28,20).«

Estella hatte aufmerksam zugehört und schien zu überlegen. Dann lächelte sie und sagte: »Dann wir brauchen keinen Hühnerfuß in Suppe für Glück, das gefallen mir!«

Das war für die Missionarsfamilie der Anfang eines abenteuerlichen Lebens in Ecuador.

Einmal während ihres dreijährigen Einsatzes in Ecuador kehrten sie auf Heimaturlaub nach Deutschland zurück. Sie wollten Estella eine Freude machen und ihr etwas Schönes mitbringen, etwas, was man in Ecuador nicht kaufen konnte. Darum fragte Karin sie vor ihrer Abreise, ob sie einen Wunsch hätte. Estella musste nicht lange überlegen: »O ja, bitte bringt mir doch so eine schöne Bürste mit langem Stiel mit. Ich kann hier nirgends solche Bürsten finden. Ich putzen Toilette mit dieser wunderbaren Bürste aus Deutschland, aber nach einem Jahr ist Bürste nicht mehr gut.« Erstaunt überlegte Karin, was für eine Bürste das sein könnte, denn sie hatte bei ihrem Umzug nach Ecuador ganz gewiss keine Klobürste aus Deutschland mitgebracht. »Estella, zeig mir doch bitte mal, mit welcher Bürste du das Klo putzt.« Eifrig ging Estella in das kleine Badezimmer und kam strahlend mit einer langstieligen Holzbürste wieder. »Die sein prima für Toilette putzen!« Karin wusste nicht, ob sie lachen oder weinen sollte. »Damit putzt du, seit wir hier sind, die Toilette?! – Aber das ist doch meine Massagebürste, die ich jeden Morgen beim Duschen verwende!« Estella und Karin sahen sich an, und Karin konnte nicht anders, sie brach in schallendes Gelächter aus. Da begann auch Estella, die zuerst erschrocken war,

erleichtert zu lachen. Beide lachten, bis ihnen die Tränen herunterliefen.

Auch heute noch, viele Jahre nach ihrer Rückkehr
aus Ecuador, sorgen Karin und Matthias mit dieser
Geschichte für viel Heiterkeit. Estella bekam übrigens
damals ihre neue Klobürste aus Deutschland.

# Vom Pech verfolgt?

Manchmal scheint einen das Pech nicht nur zu begleiten, sondern regelrecht zu verfolgen. Pläne werden durchkreuzt, Steine in den Weg gelegt, ein anderer Weg muss eingeschlagen werden. Womöglich ein Weg, den man sich selbst nie ausgesucht hätte. Ist es möglich, dass Gott dabei unser Heil und Wohlbefinden vor Augen hat? Was ist, wenn Menschen es nicht gut mit uns meinen? Wenn sie rücksichtslos und selbstsüchtig ihre eigenen Ziele verfolgen?

Kann es sein, dass Gott vielleicht gerade dann mit uns seinen Plan durchführt? Einen Plan, der zu unserem Besten dient?

Auch wenn es uns oft nicht so erscheint, so ist Gott doch immer bei den Menschen, die ihn lieben, und sogar bei denen, die nichts von ihm wissen wollen. Dazu gibt es in der Bibel viele Beispiele. Bereits als Kind beeindruckte mich die Geschichte von Josef. Er war seinen Brüdern ein Dorn im Auge, denn ihr Vater

Jakob hatte seinen jüngsten Sohn Josef besonders lieb. Die zehn älteren Brüder waren eifersüchtig, und eines Tages verkauften sie Josef an Geschäftsleute, die ihn nach Ägypten brachten, wo ihn ein hoher Angestellter des Pharao kaufte. Zunächst ging es Josef dort gut, denn Gott schenkte ihm für seine Arbeit Gelingen:

*Und der HERR war mit Josef, sodass er ein Mann wurde, dem alles glückte. Und er war in seines Herrn, des Ägypters, Hause. Und sein Herr sah, dass der HERR mit ihm war; denn alles, war er tat, das ließ der HERR in seiner Hand glücken, sodass er Gnade fand vor seinem Herrn und sein Diener wurde. Der setzte ihn über sein Haus; und alles, was er hatte, tat er unter seine Hände. Und von der Zeit an, da er ihn über sein Haus und alle seine Güter gesetzt hatte, segnete der HERR des Ägypters Haus um Josefs willen, und es war lauter Segen des HERRN in allem, was er hatte, zu Hause und auf dem Felde* (1. Mose 39,2-5).

Eigentlich hätte nun alles gut sein können, doch Josef ereilte neues Leid. Wegen der arglistigen Frau seines Herrn landete er unschuldig im Gefängnis. Wozu das denn? – möchte man fragen. Warum hatte Josef, der doch niemandem etwas getan hatte, eine Frau in seinen Weg gestellt bekommen, die ihm das Leben schwer gemacht hatte? Doch auch dieser schwere Gang hinunter in die Tiefe und die scheinbar vergeudete Zeit im Gefängnis hatten ihren Sinn, denn dort wurde Josef für andere zum Weggefährten, denen er sonst nie begegnet wäre. Plötzlich nimmt diese Geschichte eine unerwartete Wende. Weil er seinen Mitgefangenen Träume gedeutet hatte, wurde Josef vor den Pharao geführt. Mit Gottes Hilfe konnte er auch die sonderbaren Träume des ägyptischen Königs deuten und damit das ganze Volk vor dem Hungertod retten. Als Jahre später seine eigenen Brüder vor ihm knieten, um Getreide bei ihm zu kaufen, und er sich ihnen schließlich zu erkennen gab, war er ihnen nicht böse. Im Gegenteil, er wusste, dass Gott selbst die bösen Gedanken seiner Brüder für einen größeren Heilsplan benutzt hatte:

*Ich bin Josef, euer Bruder, den ihr nach Ägypten verkauft habt. Und nun bekümmert euch nicht und denkt nicht, dass ich darum zürne, dass ihr mich hierher verkauft habt; denn um eures Lebens willen hat mich Gott vor euch hergesandt* (1. Mose 45,4-5).

Nun könnte man einwenden, dies sei alles lange her und habe mit uns heute nichts zu tun. Doch ist diese Geschichte auch heute noch aktuell, denn Gott hat sich seither nicht verändert. Noch immer hat er für uns einen Plan, noch immer lässt er Begegnungen mit Menschen zu, die uns nicht gefallen. Doch wenn wir unser Vertrauen auf ihn nicht wegwerfen, wird er uns segnen, auch durch die dunklen Zeiten hindurch. Es könnte ja sein, dass auch wir, wie Josef, anderen Menschen zum Weggefährten werden, obwohl dies gar nicht unsere Absicht war. Viele Menschen kommen in unser Leben, manche nur für einen Augenblick, andere für längere Zeit, ein paar wenige bis zu unserem Lebensende.

Heutzutage gibt es für fast alle Lebenssituationen die passenden Begleiter. Der Bogen spannt sich vom Geburtsbegleiter über den Flugbegleiter bis hin zum Trauer- und Sterbebegleiter.

Wie die Gezeiten, so kommen und gehen auch diese Begleiter je nach Jahreszeit in unserem Leben. Doch wer begleitet uns, wenn alle anderen schon von uns gegangen sind, wer geht mit uns dorthin, wo sonst keiner hingeht?

Ist es Zufall, dass uns in der Bibel vom ersten Buch Mose bis hin zur Offenbarung immer wieder Engel begegnen? Sicherlich nicht, und genau in der Mitte der Bibel wird uns in Psalm 91 zugesprochen:

*Denn er hat seinen Engeln befohlen, dass sie dich behüten auf allen deinen Wegen, dass sie dich auf den Händen tragen und du deinen Fuß nicht an einen Stein stoßest* (Psalm 91,11-12).

Wenn wir Wege gehen müssen, die uns nicht so gut gefallen, gehen wir diese nicht allein. Wenn uns das Pech auf Schritt und Tritt begleitet, lohnt es sich, einmal nach oben zu schauen, um eine andere Perspektive zu bekommen. Und letztendlich bleibt derjenige uns treu, der uns seit unserem ersten Atemzug begleitet und uns sicher an sein gutes Ziel bringen wird, wenn wir uns darauf einlassen. Dann können wir schon heute in das Lied von Arno Pötzsch mit einstimmen:

*Unverloren*

*Du kannst nicht tiefer fallen*
*als nur in Gottes Hand,*
*die er zum Heil uns allen*
*barmherzig ausgespannt.*

*Es münden alle Pfade*
*durch Schicksal, Schuld und Tod*
*doch ein in Gottes Gnade*
*trotz aller unsrer Not.*

*Wir sind von Gott umgeben*
*auch hier in Raum und Zeit*
*und werden sein und leben*
*in Gott in Ewigkeit.*[3]

Ich wünsche allen, die sich vom Pech verfolgt fühlen, dass sie Zuflucht in den Armen Gottes finden. Denn das bedeutet wahres Glück.

# Der neue Teppich

Zufrieden betrachtete ich meine neueste Errungenschaft: ein weinroter Teppich mit floralem Muster in blauen und cremefarbenen Tönen. Auf den ersten Blick konnte man meinen, es sei ein echter Orientteppich, doch schon der zweite Blick ließ auch jeden Laien erkennen, dass es sich weder um einen hochwertigen Seidenteppich aus China noch um einen handgeknüpften Perserteppich handelte. Schon längere Zeit hatte ich nach dem perfekten Teppich gesucht: Hell und freundlich sollte er sein, dabei aber gleichzeitig schmutzabweisend und unempfindlich, da er sehr oft mit Füßen getreten würde. Und nun lag er da, ein schöner Blickfang für jeden, der zur Haustür hereinkommen würde. Nicht zu groß und nicht zu klein für unseren Eingangsbereich. Nagelneu und noch vollkommen sauber. Ich freute mich schon darauf, was mein Mann für Augen machen würde, wenn er am Abend heimkäme, denn ich wollte ihn mit dem neuen

Teppich überraschen. Während ich so in Gedanken versunken im Flur stand und mit den Augen dem Blumenmuster im Teppich folgte, klingelte es plötzlich an der Haustür. Als ich öffnete, stand ein junger Mann vor mir. Er trug Jeans und eine dunkelblaue Anzugjacke. Schwungvoll begrüßte er mich: »Guten Tag, Frau Ottensmann, wie geht es Ihnen an diesem wunderschönen Nachmittag?« Etwas misstrauisch antwortete ich vorsichtig: »Danke, gut, und Ihnen?« Der junge Mann nahm meine Gegenfrage zum Anlass eines Monologs: »Mir geht es blendend. Ich bin schon den ganzen Tag in Ihrer kleinen Stadt unterwegs und hatte viele interessante Begegnungen.

Zum krönenden Abschluss möchte ich auch Ihnen selbstverständlich nicht vorenthalten, was ich zu bieten habe. Ich bin sicher, dass Sie so etwas noch nicht gesehen haben, es ist sozusagen ein kleines technisches Wunder.« Während der Herr vor mir wie ein Wasserfall redete, überlegte ich, was er eigentlich wollte. Schließlich wurde er konkreter: »Frau Ottensmann, ich würde Ihnen gerne einmal unser neuestes Staubsaugermodell vorführen.« Während der Staubsaugerverkäufer Luft holte, erklärte ich: »Danke, aber ich habe bereits einen Staubsauger und brauche keinen neuen. Ich bin ganz zufrieden mit meinem Gerät.«

Gerade wollte ich die Tür wieder zumachen, als der Verkäufer schnell hinzufügte: »Ich mache Ihnen ganz unverbindlich einen Teppich sauber, dann verschwinde ich auch schon wieder.« Dabei linste er über meine Schulter auf den neuen Teppich. »Da sehe ich ja schon ein gutes Stück, Sie werden staunen, wie viel Dreck da herauskommt, obwohl der Teppich so sauber aussieht!« Seine Aufdringlichkeit ärgerte mich, und eigentlich wollte ich ihn so schnell wie möglich wieder loswerden, doch da hatte ich plötzlich eine Idee. Der neue Teppich kam mir dabei sehr gelegen. Neugierig darauf, was nun kommen würde, ließ ich den eifrigen Vertreter doch herein.

Während er seinen Staubsauger aufstellte, redete er unaufhörlich weiter: »Sie werden sehen, dieser Staubsauger saugt viel gründlicher als jedes herkömmliche Gerät. Wenn Sie mit Ihrem bisherigen Modell den Teppich saugen, meinen Sie zwar, er sei sauber. In Wirklichkeit ist aber noch eine ganze Menge Schmutz in den Schlingen zurückgeblieben. Und genau diesen Schmutz hole ich jetzt mit meinem Gerät heraus. Außerdem brauchen Sie bei diesem neuartigen Gerät nie wieder Filtertüten. Der Schmutz wird in einem kleinen Kanister aufgefangen, den man ganz einfach gelegentlich entleert.« Mit diesen Worten steckte er den Stecker in die Steckdose und begann zu saugen. Mit einer lässigen Handbewegung schob er seinen Staubsauger hin und her, bis er den ganzen Teppich abgesaugt hatte. Dann schaltete er das Gerät aus und sagte selbstsicher: »Und jetzt zeige ich Ihnen, wie schmutzig Ihr Teppich wirklich war. Sie werden gleich keinen anderen Staubsauger als diesen mehr haben wollen.« Triumphierend lächelnd zog er den durchsichtigen Plastikkanister aus seinem Gerät. Gespannt sah ich ihm dabei zu.

Doch gerade, als er mir den Kanister vor die Nase halten wollte, hielt er plötzlich inne und stutzte. Abgesehen von ein paar einzelnen Teppichflusen war der Behälter vollkommen sauber und leer. Kein Staub, kein Dreck waren darin zu sehen. Das verdatterte Gesicht des Verkäufers sah lustig aus. Ich hatte große Mühe, mir das Lachen zu verkneifen. Verblüfft sah er mich an und sagte: »Also das habe ich ja noch nie erlebt. Was haben Sie denn für einen Staubsauger?« Grinsend nannte ich ihm die Marke und sagte: »Ich habe Ihnen ja gleich gesagt, dass ich mit meinem Staubsauger ganz zufrieden bin und keinen neuen brauche.« Der Verkäufer kratzte sich am Kopf und begann damit, sein Gerät wieder abzubauen. Während er den Stecker aus der Steckdose zog und das Kabel aufrollen ließ, sagte er kein Wort mehr. Fassungslos schüttelte er immer wieder ungläubig den Kopf. Dann brach es aus ihm hervor: »Den ganzen Tag habe ich keinen einzigen Staubsauger verkauft. Die meisten Leute machen die Tür erst gar nicht auf oder erteilen mir eine Abfuhr. Und jetzt auch das noch! Vielleicht sollte ich besser den Beruf wechseln.« Eigentlich tat er mir beinahe leid, doch ich hatte nicht das Bedürfnis, ihm zu erklären, dass er soeben versucht hatte, einen nagelneuen Teppich zu reinigen, der gerade erst seit einer halben Stunde in unserem Flur lag.

Stattdessen öffnete ich ihm die Tür, verabschiedete mich freundlich von ihm und wünschte ihm für seine Zukunft alles Gute. Doch der Vertreter war plötzlich wortkarg geworden und sagte nicht mehr viel. Als er mit seinem Staubsauger bepackt unser Haus verließ, kam gerade mein Mann nach Hause. Verwundert sah er dem Mann hinterher, der tief in Gedanken versunken und mit hängendem Kopf zu seinem Auto ging. »Wer ist das denn?«, wollte er wissen. »Das ist ein Staubsaugervertreter, der vermutlich bald seinen Job an den Nagel hängt«, erklärte ich. Dann öffnete ich meinem Mann die Tür weit und wartete gespannt, wie er auf den neuen Teppich reagieren würde. Doch jegliche Reaktion blieb aus.

Ohne den Teppich auch nur zu bemerken, lief mein Mann darüber hinweg, stellte seine Aktentasche im Wohnzimmer ab und sagte: »Das war wieder ein Tag heute! Ich bin froh, dass Feierabend ist. Was gibt es denn zum Essen?« Ich war beinahe genauso verblüfft wie vorher der Staubsaugerverkäufer: »Sag mal, hast du beim Hereinkommen gar nichts bemerkt?« Mein Mann schaute sich um und sah mich fragend an: »Nein, was meinst du denn? Hast du etwa einen neuen Staubsauger gekauft?« Lachend nahm ich meinen Mann bei der Hand und führte ihn auf den neuen Teppich im Flur. »Nein, aber du stehst gerade auf der Ursache für einen an sich selbst zweifelnden Staubsaugerverkäufer.« Mein Mann schaute nach unten und entdeckte endlich den neuen Teppich. Ich freute mich, dass er ihm gefiel, und erzählte ihm, wie der Teppich mir dabei geholfen hatte, den Verkäufer wieder loszuwerden.

Der Staubsaugerverteter kam übrigens nie wieder. Ob er tatsächlich den Beruf gewechselt hat, wissen wir aber nicht.

# Ein Pfarrer im Baumwipfel

Wenn Sie einen Spaziergang in den Baumwipfeln machen könnten, wen würden Sie dort oben erwarten? Eine Vogelmutter, die ihre Jungen versorgt? Eine Krähe, die sich lauthals über die Eindringlinge beschwert? Oder ein Eichhörnchen, das nach Futter sucht? Kaum einer käme wohl auf die Idee, dort oben seinem Pfarrer zu begegnen. Allein die Vorstellung, in schwindelnden Höhen auf einem Baumwipfelpfad durch den Wald zu spazieren, wäre bis vor ein paar Jahren undenkbar gewesen. Mittlerweile gehört diese Art von Spaziergang zu den zahlreichen modernen Freizeitangeboten, die wie Pilze aus dem Boden geschossen sind. Möchte man noch mehr Nervenkitzel, kann man sich für einen Kletterwald entscheiden, wo man angeseilt auf verschiedenen Höhen von Baum zu Baum klettert. Die einfachere und entspanntere Variante dazu ist der Baumwipfelpfad, auf dem man ganz bequem von Baum zu Baum spazieren kann.

An einem sonnigen Samstag im Juni beschlossen mein Mann und ich, mit unseren drei Kindern einen Ausflug zu solch einem Baumwipfelpfad zu machen. Die einstündige Fahrt durch den Pfälzer Wald nahmen wir gerne in Kauf, und die Vorfreude auf den Spaziergang hoch oben in den Baumkronen war groß. Als wir ankamen, herrschte bereits reger Betrieb in den Baumwipfeln. Kinder mit ihren Eltern und Großeltern waren unterwegs und sogar Rollstuhlfahrer und Babys im Kinderwagen wurden den Weg hinaufgeschoben.

Da wir gut zu Fuß sind, wählten wir die lustigere Alternative über Hänge- und Tellerbrücken. Wir waren gerade an einer überdimensionalen Eule aus Holz angekommen, als ich bemerkte, wie die Dschungelbrücke neben uns bedenklich hin und her schwankte. Ich sah, wie ein Herr mittleren Alters versuchte, diese zu überqueren. Mit jedem Schritt wackelte die Brücke mehr, und der Herr klammerte sich krampfhaft an dem Sicherheitsnetz fest, das ihn davon abhielt, in die Tiefe zu stürzen. Mit einem Blick zurück schien er abzuwägen, ob er umkehren solle. Doch er erkannte schnell, dass es keinen Weg zurück gab, denn hinter ihm kamen schon die nächsten Baumwipfelstürmer angewackelt. So blieb ihm nur noch die Flucht nach vorne. Tapfer kämpfte er sich weiter. Während ich ihn schmunzelnd beobachtete, kam der Mann mir plötzlich irgendwie bekannt vor, auch wenn ich sein Gesicht durch das Netz nicht richtig erkennen konnte. Aber das war sicher eine Täuschung. Schließlich waren wir in einer Gegend, wo wir niemanden kannten. Wir gingen weiter in Richtung Adlerhorst, dem höchsten Aussichtspunkt des Baumwipfelpfades. Gerade, als wir die Treppen hochsteigen wollten, hörten wir, wie jemand hinter uns keuchend von der Dschungelbrücke kam, um nun auch den Adlerhorst zu erklimmen. Ich drehte mich um und blickte in zwei sehr bekannte Augen.

Im selben Moment erkannte der Herr auch mich, und wir riefen beide wie aus einem Mund: »Das gibt's doch nicht!« Vor mir stand tatsächlich unser Pfarrer aus meinem Heimatort im Schwarzwald – in 30 Meter Höhe auf dem Baumwipfelpfad im Pfälzer Wald! Unser Pfarrer wischte sich die Schweißperlen von der Stirn und wir mussten herzlich lachen. »Was machen Sie denn hier oben in den Baumkronen?«, fragte ich ihn immer noch lachend. »Ach, wissen Sie, meine Frau und ich machen einen zweitägigen Ausflug in die Pfalz und sind zufällig hier vorbeigekommen. Und wieso laufen Sie hier oben zwischen den Bäumen herum?«, war seine Gegenfrage. Während wir miteinander plauderten, bestiegen wir den Adlerhorst, von wo aus wir einen atemberaubenden Blick bis ins Elsass hatten. Wir freuten uns sehr über diese unverhoffte Begegnung und dass wir diesen ungewöhnlichen Weg ein Stück zusammen gehen konnten. Bevor wir uns voneinander verabschiedeten, fragte unser Pfarrer mich: »Sagen Sie mal, wie kommt man hier eigentlich wieder runter?« Ich erklärte ihm, er könne entweder auf einem Steg hinuntersteigen oder in einer 40 Meter langen Tunnelrutsche nach unten rutschen. »Ha, da nehm ich aber die Rutschbahn, laufen kann jeder«, freute er sich. Ich wünschte ihm noch viel Spaß und folgte meinem Mann, der am Einstieg der Rutsche auf mich wartete.

Unsere Kinder waren schon längst hinuntergerutscht und bereits zum zweiten Mal auf dem Pfad nach oben, da sie noch einmal rutschen wollten. Nun war ich an der Reihe und sauste nach unten. Nach etwa 15 Sekunden hatte ich wieder festen Boden unter den Füßen. Als ich nach oben blickte, sah ich, wie mein Mann gerade einer älteren Dame den Vortritt ließ. Ich hörte sie hinunterflitzen, und bereits nach zehn Sekunden kam sie so schnell aus der Röhre herausgerutscht, dass selbst das lange gerade Stück zum Abbremsen am Ende für sie nicht ausreichte und sie mit Schwung über ihr Ziel hinausschoss. Zu ihrem Pech war an diesem Tag eine große Wasserpfütze auf dem Waldboden, genau dort, wo die Rutschbahn endete. Vor meinen Augen landete die Dame in hohem Bogen mitten in der Pfütze. Sie nahm ihre unsanfte Landung jedoch mit Humor und hatte sich glücklicherweise nicht verletzt. Mittlerweile hatte sich mein Mann oben schwungvoll in Bewegung gesetzt.

Wieder zählte ich die Sekunden. Fünfzehn Sekunden vergingen, dann zwanzig. Noch immer war er nicht in Sicht. Stattdessen hörte ich ein seltsames, kratzendes Geräusch aus der Röhre. Von unten rief ich in die Rutschbahn hinein: »Alles in Ordnung?« Seine schallende Antwort war: »Nein, ich stecke fest!« Es war mir ein vollkommenes Rätsel, wie mein Mann es geschafft hatte, in der Rutschbahn stecken zu bleiben, denn er ist schmal und zierlich gebaut. Nach mehreren Minuten kam er erschöpft unten an. Sein Bein hatte sich während des Rutschens so verwinkelt, dass die Fußspitze nach hinten zeigte und ihm nur noch übrig geblieben war, sich zentimeterweise nach unten zu schieben. Doch auch er kam heil heraus und meinte völlig außer Atem: »Rutschen ist anstrengender als Baumwipfel zu erklimmen!« Noch lange danach freuten wir uns über die Begegnung mit unserem Pfarrer hoch oben in den Baumwipfeln, dort, wo wir dem Himmel ein Stück näher waren.

# Für einen Augenblick

Vor einigen Jahren hatte ich ein Erlebnis, das sich mit Worten kaum beschreiben lässt. Dieses Erlebnis währte nicht länger als einen Augenblick, und das im wahrsten Sinne des Wortes. Der kurze Augen-Blick berührte mich in meinem tiefsten Inneren und traf mitten in mein Herz. Er ließ mich alles andere vergessen, es war beinahe, als ob die Zeit stehen bliebe.

Doch was war das für ein besonderer Augenblick? Er geschah in einem kleinen Zimmer in dem Altersheim, in dem ich seit einiger Zeit Besuchsdienste machte. Meistens machte ich dieselbe Runde und ging zu den Senioren, die sonst kaum Besuch bekamen. Doch an diesem Dienstag im April hatte ich noch einen anderen Besuch vor. Im zweiten Stock lag die Oma von Volker. Volker und ich hatten zusammen Abitur gemacht und waren uns vor Kurzem nach langer Zeit wieder begegnet. Als er hörte, dass ich regelmäßig im Altersheim Besuche machte, bat er mich, seine Oma doch gelegentlich zu besuchen, die erst seit ein paar Wochen dort wohnte. Volker fügte noch hinzu: »Meine Oma ist nicht mehr ansprechbar. Sie liegt den ganzen Tag im Bett und schläft die meiste Zeit. Wenn man mit ihr spricht, reagiert sie nicht darauf. Wir wissen nicht, ob sie uns überhaupt hört oder noch erkennt. Wenn ich sie besuche, erzähle ich ihr einfach von mir und ihren Urenkeln, so wie früher, als sie noch in ihrem Sessel saß und geistig rege war.« Inzwischen hatte Volker Tränen in den Augen. Stockend fuhr er fort: »Und nun ist sie so alleine und liegt die ganze Zeit im Bett. Sie hat ihr Leben lang schwer gearbeitet und für ihre Familie gesorgt. Immer hatte sie ein gutes Wort für jeden, der ihr begegnete. Doch als mein Opa starb, starb auch ihre Lebensfreude. Nach ihrem Schlaganfall im März wurde sie zum Pflegefall und muss nun rund um die Uhr versorgt werden.« Gerne gab ich Volker das Versprechen, bei meinem nächsten Besuch im Altersheim auch bei seiner Oma vorbeizuschauen.

Und nun stand ich dort im zweiten Stock auf der Pflegestation vor ihrer Zimmertür. Eine Pflegerin, die gerade vorbeikam, sagte zu mir: »Frau Schubert kriegt nichts mehr mit. Sie wird nicht auf Sie reagieren. Eigentlich könnten Sie sich den Besuch bei ihr

182

sparen, aber wenn Sie wollen, gehen Sie ruhig zu ihr. Erschrecken Sie aber nicht, es ist kein schöner Anblick.«

Ich öffnete die Tür und betrat zögernd das Zimmer. Die Vorhänge waren halb zugezogen, das Fenster gekippt. Von draußen erklang fröhliches Vogelgezwitscher und bildete einen wohltuenden Kontrast zu der beklemmenden Stille im Zimmer. Ich ging näher zu dem Bett, in dem Frau Schubert lag. Sie war bis zum Hals zugedeckt, sodass nur ihr Gesicht zu sehen war. Ihre Augen waren geschlossen, ab und zu flackerten ihre Augenlider. Ihre Wangen waren eingefallen, ihre blasse Haut schien durchsichtig wie Pergamentpapier zu sein. Ihr Atem ging unregelmäßig. Noch nie hatte ich einen Menschen gesehen, der dem Tod allem Anschein nach so nahe war wie Frau Schubert. Was sollte ich ihr sagen? In aller Stille bat ich Gott um die richtigen Worte und begann zu erzählen: »Hallo, Frau Schubert, ich bin Frau Ottensmann. Ihr Enkelsohn Volker hat mir von Ihnen erzählt.«

Während ich redete, beobachtete ich die alte Dame genau, um zu sehen, ob sie auf meine Worte reagierte. Doch sie rührte sich nicht. Ich sprach weiter: »Wenn Sie möchten, komme ich Sie ab und zu besuchen.« Frau Schubert schlief unverändert weiter. »Die Sonne scheint schön warm, hören Sie, wie die Vögel zwitschern?« Keine Reaktion. »Frau Schubert, Jesus hat Sie lieb.« Da geschah das Unglaubliche. Sie öffnete die Augen, drehte ihren Kopf zu mir und schaute mich an. Ihre blauen Augen blickten direkt in meine Augen. Sie sah mich einfach nur an und sagte kein Wort. Dann lächelte sie. Kurz darauf fielen ihre Augen wieder zu. Ich spürte, dass ich nun nichts weiter zu sagen brauchte, verabschiedete mich von ihr und verließ leise das Zimmer. Es war nur ein Augen-Blick gewesen, doch dieser Blick hatte mir mehr gesagt als tausend Worte. In diesem Moment war mir, als hätte ich den Himmel gesehen. Für einen Augenblick.

# Anmerkungen

1 Die Rechteinhaber der Schulhymne und des Mottos der Rektorin konnten trotz Nachforschungen nicht ermittelt werden. Die Schulhymne existierte nur auf Handzetteln, das Motto war auf der Todesanzeige der Rektorin abgedruckt.

2 s. o.

3 Arno Pötzsch, Im Licht der Ewigkeit. Geistliche Lieder und Gedichte. Gesamtausgabe. Leinfelden-Echterdingen: Verlag Junge Gemeinde (2008).

Elke Ottensmann

# Aus Omas Nähkästchen und Opas Geigenkasten

Heitere und weitere Geschichten

Gebunden, 13,5 x 20,5 cm, 176 Seiten
Nr. 395.413,
ISBN 978-3-7751-5413-0

Durch viele Geschichten und Anekdoten verbindet Elke Ottensmann die Erlebnisse von drei Generationen. Sie erzählt von schlesischen Wurzeln, unverhofftem Zwillingssegen, Kriegswirren und neuer Heimat. Alltags- und Urlaubsgeschichten voller Humor und Gottvertrauen.

Martina Merckel-Braun

# Glück auf kleinen Pfoten

Erlebnisse einer Hundefreundin

Gebunden, 13,5 x 20,5 cm, 208 Seiten
Nr. 395.535,
ISBN 978-3-7751-5535-9

Von Kind an haben Hunde das Leben von Martina Merckel-Braun geprägt und bereichert. Warmherzig und humorvoll berichtet die Autorin von den kleinen und großen Abenteuern, die sie im Laufe der Jahre mit ihren Schützlingen – und Gott! – erlebt hat.

*Bitte fragen Sie in Ihrer Buchhandlung nach diesen Büchern!*
*Oder schreiben Sie an: SCM-Verlag, D-71087 Holzgerlingen;*
*E-Mail: info@scm-verlag.de; Internet: www.scmedien.de*